Stefan Beuse

Die Nacht der Könige

Stefan Beuse

Die Nacht der Könige

Roman

Piper
München Zürich

Für Chiara

ISBN 3-492-04413-1

Gesetzt aus der Weiss
Satz: Satz für Satz. Barbara Reischmann, Leutkirch
Druck und Bindung: GGP Media, Pößneck
Printed in Germany

Yes, it doth shine that night.

William Shakespeare

1

Winter mußte geträumt haben, denn ohne daß er es bemerkt hatte, war er in die falsche Richtung gefahren. Die Stadt zog an ihm vorbei wie ein überbelichteter Film, eine Fieberphantasie aus Hitze und Staub, und Winter klappte den Blendschutz runter.

Er befand sich in einer Straße, in der er noch nie gewesen war, eine Seitenstraße mit Häusern rechts und links, von denen sich die Farbe schälte wie alte Haut. Etwas Seltsames ging von diesen Häusern aus, sie waren wie die Erinnerung an etwas, das einst Teil von ihm gewesen war und ihn jetzt befremdete, und Winter dachte daran, der Straße weiter zu folgen, zu versuchen, auf anderem Weg die Agentur zu erreichen, aber dann sah er auf seine Uhr; er setzte rückwärts in eine Einfahrt und bemerkte die geschmolzenen Weingummis hinten auf der Ablage. Seit drei Tagen waren sie jetzt in dem Ferienhaus, drei Tage, in denen er seine Familie nicht unbedingt vermißt hatte; im Gegenteil, er war sogar froh, etwas Zeit für sich zu haben, aber ihm fehlten die Geräusche, die sie machten, das Wissen um ihre Anwesenheit. Sobald er den Auftrag erledigt hatte, würde er nachkommen. Eine, höchstens zwei Wochen.

Er bog zurück in die Hauptstraße und steckte zwischen aufgeregt hupenden Autos fest: eine Hochzeitskolonne, die über den Asphalt kroch und beide Spuren der Fahrbahn blockierte. Der schwarze Mercedes des Brautpaars fuhr direkt vor ihm, ein rotes Pappherz klebte an der Heckscheibe, flankiert von zwei winkenden Kindern, die auf der Rückbank hockten und etwas riefen, das er nicht hören konnte. Wie Gefangene sahen sie aus, mit ihren stumm rufenden Mündern und den großen Augen, und je länger er sie anstarrte, desto lauter wurde das Gehupe.

Langsam schob sich die Autoschlange unter einer Brücke hindurch. Die Kinder vor ihm schnitten jetzt Grimassen, weil sie wollten, daß auch er hupte oder winkte; ihr lautloses Klopfen schien ihm zu drohen, und Winter spürte, wie ihm der Schweiß ausbrach. Kurz dachte er daran, seine Frau anzurufen, zu fragen, ob alles in Ordnung sei, aber dann verwarf er den Gedanken, sie hätte ihn sowieso nicht hören können, und fuhr statt dessen an eine Tankstelle, um der Hochzeitsgesellschaft einen Vorsprung zu geben. Die Uhr im Armaturenbrett zeigte zehn Uhr zweiundvierzig. Er war bereits zwölf Minuten zu spät.

Weil der Tank voll war und er keine Lust hatte, ohne besondere Absicht an einer Tankstelle herumzustehen, parkte er den Wagen bei »Luft und Wasser« und versuchte, Tatjana auf ihrem Handy zu erreichen, aber sie war vorübergehend nicht verfügbar. Er probierte es in der Agentur und landete in der Warteschleife, wo Hell's Bells von AC/DC lief, einer der zahlreichen Versuche von Oswald & Bell, sich als außergewöhnlich kreative Agentur zu präsentieren; eine Pose, die Winter immer gehaßt hatte und die er heute unerträglich fand.

»Herzlich willkommen bei Oswald & Bell«, sagte Alinas Stimme über der Musik von AC/DC, »im Moment sind all unsere Plätze belegt«; er drückte das Gitarrensolo weg, bevor sie weiterreden konnte, und stieg aus.

In der Luftdrucktabelle las er 2,2 für die Hinterachse und 2,0 für vorne. Winter nahm das Meßgerät vom Stutzen, drehte die Ventilkappe des rechten Vorderreifens ab und setzte das silberne Rohr an. Der Zeiger sprang auf 1,8. Winter drückte die Plustaste. Mit einem gequälten Zischen preßte sich Luft in den Reifen. 2,0. 2,2. 2,4. Kurz dachte er daran, den Reifen platzen zu lassen; er fragte sich, wieviel Druck dazu notwendig wäre und wie so ein aus der Form geratener Reifen wohl aussehen würde, wie dünn das Gummi werden mußte, bevor es reißen würde, doch dann ließ er die überschüssige Luft wieder ab und schraubte das Ventil zu.

Er wollte mit dem Meßgerät in der Hand gerade

zum nächsten Reifen gehen, als ihm schwarz vor Augen wurde. Winter spürte, wie ihm die Luft wegblieb, nicht jetzt, dachte er und ließ sich gegen den Wagen fallen, *dreiundzwanzig, vierundzwanzig*, das Blech brannte in seinem Rücken, er hörte seinen pfeifenden Atem und tastete nach dem Inhalator. Zwei Stöße Berotec, dann ging es besser.

Als er das Meßgerät zurücksetzte, erinnerte ihn das Geräusch der nachströmenden Luft an das Kreischen eines bremsenden Zuges kurz vor dem Stillstand. Das Gerät schaukelte auf dem Luftstutzen wie ein harpunierter Fisch, und Winter ging in Richtung Kassenhäuschen, um Tatjana und sich einen Glückskeks zu kaufen. DEA, dachte er, DEA, die Göttin, und dann sah er in den Himmel, der blau war und leer. Für den Abend waren Gewitter angekündigt, der erste Regen seit Wochen, aber noch stand die Sonne starr über der Stadt, und es ging kein Wind.

2

Vor der Agentur überfuhr er fast eine Taube. Den ganzen Tag saßen sie in der Einfahrt und pickten in halb verfaulten Kadavern. Winter fiel auf, daß er noch nie einen blutenden Vogel gesehen hatte; er fragte sich, ob es überhaupt Blut gab in so einem Vogel, während er den Wagen zwischen Torbens Citroën und Tatjanas Alfa parkte, in die Reihe der Marketingexperten und Kreativen: heißes Blech in allen Farben der DULUX-Palette. Die Verwesung flirrte über dem Asphalt, sechs oder sieben Tauben hatten sich vor dem Eingang versammelt, und gleichmäßig rollten seine Sohlen ab; *drei, vier,* sie saßen da, als warteten sie auf ihn, und er zählte weiter, in seinem Inneren, wie immer, wenn er in Situationen geriet, die ihn bedrängten: eine Angewohnheit, die er seit jener Nacht nicht hatte ablegen können.

Plötzlich stob der Schwarm auseinander. Winter hielt die Luft an. Nah an seinen Ohren klangen ihre Flügelschläge wie die Rotorblätter eines startenden Hubschraubers; er duckte sich und spürte, daß sein Haaransatz zu jucken begann. Wie Autoscooter prallten sie gegeneinander, stumpf und plump, und er hielt weiter die Luft an, bis ihm die Lunge brannte. Das Blut rauschte in seinen Ohren, und die Tauben wirbelten in Zeitlupe Dreck auf und Federn; er trat nach ihnen, schlug blind mit den Armen, als kämpfte er gegen eine unsichtbare Armee, dann lehnte er sich gegen die Eingangstür, drückte die Klingel und wartete auf das Summen, mit dem die Verriegelung aufgehoben wurde.

»Guten *Mor*gen, Herr *Win*ter«, sagte Alina vom Empfang aus, während sie sich auf ihrem Sessel hin und her drehte, Winter atmete aus und wieder ein, »sind Sie etwa gerannt?« fragte sie mit gespielter Überraschung, und er vermutete, daß sie sich dabei wahnsinnig geistreich vorkam, weil sie sich ja eigentlich duzten. Aber vielleicht war das nur eine gespielte Ermahnung, weil er noch nie zu spät gekommen war, vor allem nicht zu so wichtigen Terminen, also nichts weiter als eine kokette Art auszuprobieren, wie weit sie bei ihm gehen konnte. Er lächelte und erwiderte ihren Gruß freundlich, aber unverbindlich, professionell also, als hätte es diesen Unterton nie gegeben, und war seltsam stolz auf die Souveränität seiner Reaktion. Alinas Lipgloss glänzte im Licht des Halogensternenhimmels über ihnen, und kurz hatte er

Lust, an ihrem Hals zu riechen, die warme Haut um ihr Schlüsselbein zu spüren, doch in diesem Moment kam Tatjana aus der Grafik, in einem dunkelblauen Kostüm, dessen Stoff ihn entfernt an Schmetterlingsnetze erinnerte. Sie streckte ihm die schwarze Präsentationsmappe entgegen und sagte, »wir müssen los«, gab ihm einen Kuß in den Nacken und zog ihn zur Tür. Sie roch nach frisch aufgetragenem Make-up und schwerem Parfüm, eine Mischung, die er auf nüchternem Magen kaum ertrug.

Winter drehte sich noch einmal um und lächelte Alina zu, bevor er die Tür hinter sich schloß. Als er mit Tatjana zum Wagen ging, klingelte sein Handy. Er tastete danach und bekam den Inhalator zu fassen. Die Tauben saßen jetzt wieder in der Einfahrt und pickten in etwas herum, von dem er nicht wissen wollte, was es war; das Telefon klingelte weiter, und Winter wühlte in seinen Taschen, spürte die kurze Antenne und zog daran. Sein Handy fiel auf die Steinplatten. Der Akku sprang ab. Er bückte sich, um beides aufzuheben, Tatjana lachte, und als der Akku wieder einrastete, sah Winter, daß er Taubenflaum in das Handy geklemmt hatte.

»Drecksviecher«, sagte er und zog die Nase hoch.

Im Wagen drückte Tatjana eine Kassette ins Radio. Lloyd Cole. Es war so stickig, als hätte das Auto den ganzen Tag in der Sonne gestanden; noch bevor sie eingestiegen waren, hatten sie die Fenster heruntergekurbelt, und zum wiederholten Mal war Winter froh, alles Elektrische aus seinem Wagen verbannt zu haben. Die Vorstellung, im Notfall von der Funktionstüchtigkeit irgendwelcher Schaltkreise abhängig zu sein, hatte ihm immer angst gemacht; unter dem Kopfschütteln des Verkäufers hatte er seine Liste vorgelesen: keine Zentralverriegelung, keine elektrischen Fensterheber, keine Klimaanlage.

Er beschleunigte, bis der Fahrtwind die heiße Luft aus dem Wagen gesaugt hatte, dann gab er Tatjana den Glückskeks.

»Oh, *süß* von dir«, sagte sie und riß die Plastikfolie auf.

Seitdem Winter das erste Mal bei ihr gewesen war, brachte er ihr manchmal irgendwelchen Esoterik-Kram mit, Mondkalender, Stimmungsringe, Räucherstäbchen. Sie hatte damals eine CD mit den Gesängen von Buckelwalen im Hintergrund laufen lassen, während sie über die Kampagne für ein Versicherungsunternehmen gesprochen hatten, und Winter war das ziemlich grotesk vorgekommen: Tatjana auf ihrem handschuhweichen Ledersofa, umringt von Anzeigenentwürfen, die überall auf ihrem Tropenholz-Parkett verstreut lagen und milchgesichtige BWL-Studenten zeigten, die den Daumen nach oben gereckt hielten und lachten, als gehörte ihnen die Zukunft; die Buckelwal-CD drehte sich dazu in der Bang & Olufsen-Anlage, und aus den Lautsprechern stöhnte und fiepte es zum Steinerweichen. Er brauche sich gar nicht darüber lustig zu machen, hatte Tatjana gesagt, das sei gut zum Entspannen. Außerdem verkörperten die Gesänge sozusagen das Gewissen der Welt. Winter hatte auf das lachende Gesicht eines blonden Mädchens gestarrt, das mitten in einem Rapsfeld an ein rotes Cabrio gelehnt stand, und versucht, sich zu entspannen. Es war ihm nicht gelungen. Aber wenn in den Klagelauten auch nur ein Bruchteil von dem war, was es zu beklagen gab, wußte er nicht, was daran entspannend sein sollte.

Der Geruch des Glückskekses – Plastik, Backtriebmittel und roher Teig – mischte sich mit Tatjanas Parfüm und dem Geruch, den ihr Kostüm verströmte, und Winter fragte, ob sie seinen auch aufmachen könne, weil er heute noch nichts gegessen habe. Er mochte es, sie zu beobachten, während sie etwas für ihn tat, sie war dann ganz versunken. Selbst wenn sie Fusseln von seinem Revers entfernte, eine Geste, die er eigentlich haßte, hatte ihr Gesicht diesen Ausdruck: ein kurzer Moment der Selbstvergessenheit, hingebungsvoll und gleichzeitig vollkommen absichtslos; sie war dann wie in Trance, und würde er in solchen Momenten in die Hände klatschen und fragen, was sie da mache, wäre er sicher, daß sie hochschrecken und ihn verwundert ansehen würde; in diesen kurzen Augenblicken der Echtheit spürte Winter eine tiefe Zuneigung zu ihr.

Er sah sie an, wie sie neben ihm saß, in diesem Schmetterlingsnetz-Ding, und seinen Glückskeks auspackte. Er fragte sich, ob sie das extra machte, ob Torben ihr aufgetragen hatte, so etwas anzuziehen oder ob sie sich irgendwas davon versprach, aber im

Grunde, dachte er, war sie immer so gewesen, immer ein bißchen zu viel von allem: ein bißchen zu freundlich, ein bißchen zu sexy, ein bißchen zu stark geschminkt.

»Du mußt den Spruch lesen, während du kaust«, sagte sie, als sie ihm den Glückskeks gab, »sonst wirkt es nicht«, und Winter knackte eine Hälfte mit den Zähnen ab. Der Keks schmeckte so, wie er roch: nach vergammelter Pappe. Winter hielt den Kopf aus dem Fenster.

»Warum hast du auch keine Klimaanlage«, stöhnte sie, während ihr der Wind die Haare durcheinanderwirbelte.

»Ich hasse Klimaanlagen«, sagte Winter, unter dem Stoffgitter sah er ihre Haut schimmern, nur über den Brüsten verdeckte ein schmaler Balken die Sicht.

»Was?«

»Ich mag keine Klimaanlagen«, sagte er, und Tatjana lachte und warf den Kopf in den Nacken: »Da hat sich Torben ja den Richtigen ausgesucht.«

Er brauchte eine Weile, bis er begriffen hatte, was sie damit meinte, und fragte mit gespielter Langeweile, ob sie sich an die Kitty's Diner-Kampagne erinnere. »Ich bin allergisch gegen Katzen«, sagte er, »trotzdem haben uns die Anzeigen eine Medaille eingebracht.«

Tatjana guckte ihn von der Seite an. »Gegen was bist du eigentlich nicht allergisch«, fragte sie und zupfte ihr Kleid zurecht. Winter stellte sich vor, wie sehr sie darin schwitzen mußte.

Er nahm die leeren Zellophantütchen, in denen die Glückskekse verpackt gewesen waren, von der Konsole, hielt sie in den Fahrtwind und beobachtete im Rückspiegel, wie sie in Richtung Asphalt schwebten: zwei winzige Segel, aus voller Fahrt rückwärts gerissen.

»Weißt du überhaupt was über den Kunden?« fragte sie.

Winter kurbelte das Fenster ein Stück hoch. »Ach komm«, sagte er, »du hältst ein bißchen die Pappen hoch und lächelst an den richtigen Stellen, und ich versuche, so wenig Fremdwörter wie möglich zu benutzen, damit sie denken, ich platze vor Kompetenz. Im Grunde funktionieren Klimatechniker nicht anders als Bäcker oder Wirtschaftsleute.«

Weil ihr das augenscheinlich nicht reichte, holte sie ein paar Prospekte hervor, auf denen Sonnenuntergänge, Windmühlen und Iglus abgebildet waren. Auf den Titelseiten stand immer sowas wie »Die Natur als Vorbild« oder »Für ein gesundes Raumklima«, während innen dann die »genial einfachen Ideen der Natur« in der »einfach genialen XY-Klima-Lösung« ihre kongeniale Übersetzung fanden; links ein Bienenvolk, rechts ein Bürogebäude, dazu technische Einklinker mit farbigen Pfeilen, die die Molekülbewegungen im Klimasystem veranschaulichen sollten. Seit Jahren funktionieren diese Dinger so, kein Grund für eine Revolution also, dachte Winter.

»Wir treten gegen drei Agenturen an«, sagte Tatjana und steckte die Prospekte hintereinander, als würde sie ein Kartenspiel mischen. »Der Etat ist siebenstellig. Ich glaube nicht, daß Torben begeistert wäre, wenn wir das vergeigen.«

Winter imitierte ein Gähnen und dachte kurz an seine Frau und die Kinder und daran, daß er versuchen wollte, den Auftrag schnell hinter sich zu bringen. Nicht, daß es ihm egal gewesen wäre, wenn sie den Etat nicht gewinnen würden. Er wollte nur auf den üblichen Schlenker verzichten, etwas zu präsentieren, das zwar originell war, dem Kunden aber nach langer Überlegung doch zu gewagt erschien. Er kannte dieses Spiel, es lief nach dem ewig gleichen Schema ab, und Winter sah keinen Sinn darin, eine Woche unnötiger Arbeit auf sich zu nehmen für eine Kreativkür, die nur Zeit kostete und niemandem weiterhalf. Außerdem fühlte er sich reif für einen Urlaub.

»Was steht denn in deinem Keks«, fragte er, und sie schob sich die zweite Hälfte in den Mund und strich den Papierstreifen glatt.

»Beide zusammen«, sagte sie, ein kleiner Teigklumpen flog dabei aus ihrem Mund und landete am Kilometerzähler. Winter bemühte sich, nicht hinzusehen, zog den Text aus seinem Keks und begann, die zweite Hälfte zu kauen.

»Hör auf, ständig zu suchen, das Glück ist nebenan«, las er vor.

Tatjana sagte »haaa-ha« und »gib her«, und als sie sah, daß das wirklich da stand, grinste sie ihn an. In ihren Augen war dasselbe kurze Leuchten, das in Alinas Augen gewesen war, als sie ihn »Herr Winter« genannt hatte.

»Das häng dir mal an den Rückspiegel«, sagte sie und lächelte plötzlich traurig.

Winter merkte, wie ihm die Hose an den Beinen festklebte und spuckte den Glückskeksbrei aus dem Fenster.

Tatjana wandte sich ab. »Du bist widerlich, echt.«

Er versuchte, sich im Außenspiegel zu sehen. »Und bei dir?« rief er gegen den Fahrtwind.

»Ein schöner Teil der Reise ist die Fahrt dorthin – amüsiere dich«, sagte sie, und er erkannte jetzt sein Gesicht, das aussah, als hätte er Fieber. Seine Züge kamen ihm fremd vor, ein Unbekannter, der ihm auf unangenehme Art vertraut schien, wie immer, wenn er sich seinem Spiegelbild gegenübersah. Besonders in Geschäften, die ganze Wände als Spiegelfläche gestaltet hatten. Oder in Hifi-Läden, die versteckte Kameras installiert hatten und Passanten in genau dem Moment auf dem Monitor zeigten, in dem sie vorübergingen. Es war der Augenblick, bevor er das System hinter dem Bild begriff, die Sekunde, in der er glaubte, ein Fremder träte ihm entgegen, und jedesmal bekam er ein komisches Gefühl, wenn er sein anderes Ich sah, eine Erscheinung losgelöst vom inneren Bewußtsein seiner selbst, und was er dann sah, paßte so wenig zu dem Bild, was er von sich selbst hatte, daß er meist erschrak. Diesmal war es anders. Er hatte absichtlich in den Spiegel gesehen und erschrak trotzdem.

Er beugte sich zu Tatjana und zog eine Packung Dunhill aus ihrer Handtasche. Sie haßte es, ihn rauchen zu sehen. Du bringst dich damit um, sagte sie immer. Dein Asthma. Wie eine Mutter.

Er nahm das Feuerzeug, das sie ihm hinhielt, ohne ihn anzusehen, ließ es aufspringen, zog zwei-, dreimal an der Zigarette und wog ihr Feuerzeug dabei in der Hand. Es war golden und schwer, mit kompliziert ineinander verschlungenen Initialen, »T« und »B«, er warf es hoch und steckte es dann zurück in ihre Tasche. Es schien ihr nichts auszumachen, daß er in ihrer Tasche wühlte, unglaublich fand er das, und er fragte sich, ob Tatjana vielleicht verliebt in ihn war.

»Sag mal, Tatjana, bist du vielleicht verliebt in mich«, sagte er ziemlich laut und direkt neben ihrem Ohr, wobei er ihre Frisur in eine Rauchwolke hüllte.

Sie zog eine Augenbraue hoch, eine Geste, die ihm sagen sollte, daß er ein arroganter Sack sei und sich bloß nichts einbilden solle, wie er überhaupt auf sowas komme, wirklich, das sei vollkommen absurd, und im Grunde, dachte er, unterscheidet sie sich kaum von Alina.

Sie hielten vor einer Kreuzung, an der sich nichts bewegte, weil niemand erkennen konnte, ob die Ampel rot war oder grün. Die Sonne überstrahlte alles. Zögernd tasteten sich ein paar Wagen vor, nacheinander, wie beim Blindekuhspiel, wenn die anderen »heiß« oder »kalt« rufen. Als gäbe es eine kollektive Meinung zu rot oder grün, die sich irgendwie auf alle

Autofahrer in der Schlange übertrug. Drei, vier Wagen jedesmal. Dann wieder Stillstand.

Tatjana sagte noch immer nichts, und er neigte und drehte den Rückspiegel so, daß er sein Gesicht sehen konnte, ohne den Kopf aus dem Fenster halten zu müssen; er schnitt ein paar Grimassen, wunderte sich, wie albern er aussah, wenn er versuchte, seriös zu gucken, und war überrascht davon, wie echt ein künstliches Lächeln bei ihm wirkte. Winter kannte Leute, die täglich eine Stunde vor dem Spiegel standen, um ihre Wirkung zu überprüfen, meist ein Ergebnis aus Business-Seminaren, deren bloße Bezeichnung ihn zum Lachen brachte. »Management by Love« hieß ein Kurs, den er nach zwei Tagen verlassen hatte, weil seine Hauptaufgabe darin bestanden hatte, sich selbst möglichst lange im Spiegel anzulächeln, da die Seele das als Glück registrieren würde und das laut Seminarleiter eine ausgefuchste Möglichkeit sei, die eigene Aura zu überlisten und so auf Erfolg zu programmieren. Das war vor etwa zehn Jahren gewesen, kurz bevor er diesen anderen Kurs besucht hatte, den er sofort hätte verlassen sollen: »Erkenne deine Ziele«.

Winter zwang sich, an etwas anderes zu denken, eine Übung, die er in den Jahren nach dem Seminar perfektioniert hatte. Sobald die Bilder in ihm hochkamen, schoß er sie ab.

Er konzentrierte sich auf die Autos vor ihm und tastete sich langsam an die Einmündung. Hintereinander glitten jetzt drei Wagen nach rechts, die

Sonne blendete ihn, und Winter drückte das Gaspedal durch.

»Geradeaus!« rief Tatjana, er riß das Lenkrad herum, »verdammte Sonne«, sagte er, und Tatjana klammerte sich an den Türgriff.

Die Straße, die durch das Gewerbegebiet führte, war vollkommen leer. Winter wunderte sich, daß an der Kreuzung alle Autos abgebogen waren, aber vielleicht, dachte er, war das einfach nicht die Zeit, um durch Gewerbegebiete zu fahren.

Mit betäubender Regelmäßigkeit flogen Fuhrparks und Betonbauten an ihnen vorbei, kein Mensch war zu sehen, und als ein paar Bäume die Straße säumten, glitten unruhige Schatten über ihre Gesichter.

3

C&S Klimatechnik, las Winter den Wegweiser an der Grenze zu einem Wald und fuhr einem asphaltierten Platz entgegen, auf dem überraschend wenige Fahrzeuge standen. Winter stellte sich vor, daß die Mitarbeiter jetzt bestimmt vor dem zentralen Imbißwagen des Gewerbegebiets standen und ihr Mittagessen holten. Abgesehen von dem Glückskeks hatte er noch immer nichts im Magen; er wunderte sich, daß er trotzdem keinen Hunger hatte. Normalerweise war mit ihm ohne Frühstück nichts anzufangen.

Er parkte direkt vor dem Eingang eines Gebäudes, das ihn an das Haupthaus einer Bungalow-Vermietung erinnerte: Plattenbau, umstellt von etwa zwanzig Fahnenstangen, an denen ausgeblichene Länderflaggen hingen. Es ging noch immer kein Wind, und Winter bezweifelte die angekündigten Gewitter.

Durch eine Glastür, deren Flügel rechts und links von ihnen in der Wand verschwanden, traten sie in eine Halle, die aussah wie der Vorraum zu einem Schwimmbad: genoppter Hartgummiboden, die Empfangstheke ein Plexiglaskasten mit Hamsterlöchern zum Durchsprechen. Eine gedrungene Frau um die Fünfzig saß darin, als würde sie dort wohnen, mit traurigen Falten um den lippenlosen Mund. Sie tippte etwas in ein Schaltpult, ohne aufzuschauen, und Winter fiel auf, wie kalt es in dem Raum war. Seine Füße waren naß von Schweiß, die Socken klebten an seiner Haut wie ein eisiger Umschlag.

»Sie wünschen?«

Ihre Stimme schepperte aus irgendwelchen Lautsprechern. Winter zuckte zusammen.

»Oswald & Bell Werbeagentur«, sagte er und beugte sich dicht vor die Scheibe. »Wir haben einen Termin mit Herrn Korff.«

Die Frau hinter dem Plexiglas tippte eine Tastenkombination in ihr Schaltpult, ohne sie dabei aus den Augen zu lassen. Tatjana lächelte ihr schönstes Kontakterinnenlächeln, und er war überrascht davon, wie schnell sie umschalten konnte. Vor wenigen Minuten hatte sie noch neben ihm gesessen, als wollte sie ihn erwürgen.

»Die Herrschaften von Oswald & Bell«, sagte die Frau endlich in ein Mikrofon, das in dem Schaltpult steckte, dabei betastete sie den Haarknoten an ihrem Hinterkopf, und Winter hoffte, daß sie ihm nicht anmerkte, wie sehr er fror.

Nach einem undefinierbaren Geräusch, das wie Taxifunk klang, deutete sie auf eine rote Ledersitzgruppe, in deren Mitte ein Glastisch mit Prospekten stand.

»Herr Doktor Korff bittet Sie, fünf Minuten Platz zu nehmen«, dröhnte es durch den Raum, sie überbetonte das Wort »Doktor« und musterte sie dabei tadelnd über ihre Halbbrille.

Tatjana sagte »danke«, in einer wohldosierten Mischung aus Freundlichkeit und Härte, es klang wie das sanfte Aneinanderschlagen zweier Kristallkugeln, gleichzeitig vertrauenerweckend und unverbindlich, und wieder dachte er, daß sie vor allem wegen ihres »Danke« eingestellt worden war. Und wegen ihres Körpers, natürlich.

Tatjana setzte sich auf eines der roten Sofas, nahm einen Prospekt und schlug die Beine übereinander. Winter fragte durch die Hamsterlöcher, wo die Toiletten seien. Die Frau wies auf eine grüne Tür mit einem schwarzen »H«, er war dankbar, daß sie nicht wieder die Lautsprecheranlage in Gang gesetzt hatte, und verschwand hinter der Tür, die sich seltsam unpassend gegen die weiße Wand abhob.

Weil er keine Lust hatte, sich am Waschbecken das Kreuz zu brechen, ging er direkt in eine Kabine und schloß die Tür. Nachdem er Schuhe und Strümpfe ausgezogen hatte, krempelte er die Hosenbeine bis übers Knie, stellte den rechten Fuß in die Kloschüssel und zog ab. Ein Gefühl wie am Meer, wenn die Welle kommt. Nur der Sog fehlte.

Der Moment, in dem der Sand unter den Füßen weggespült wird.

Er riß an der Toilettenpapierrolle, legte sich einen Teppich aus grauem Zellstoff, mehrere Bahnen übereinander, und setzte die Füße darauf. Er beobachtete, wie das Papier sich vollsog, wie sich der dunkle Abdruck seiner Füße unförmig ausbreitete, dann zog er die Socken auf links und streifte sie über seine Füße. Sie waren noch immer feucht, also zog er sie wieder aus, ließ sie zu Boden fallen und zwängte sich in die Schuhe. Er wickelte die Socken in das nasse Klopapier, betätigte die Spülung und warf das Päckchen in die Schüssel. Es tanzte einen Moment auf dem herabstürzenden Wasser, dann fiel es ins Rohr, ohne unterzugehen. Er wartete, bis genug Wasser in den Kasten nachgelaufen war, bevor er den Deckel zuklappte, abzog und sich draußen vor den Spiegel stellte. Das Gefühl an den Füßen war jetzt deutlich angenehmer.

Winter versuchte zu pfeifen und bröselte sich pinkfarbenes Seifenpulver in die Hand, das unter dem Wasserstrahl aufschäumte und nach einer Mischung aus Klostein und Duftbaum roch. Er spülte den Schaum sorgfältig ab, klatschte etwas Wasser in sein Gesicht und strich sich mit beiden Händen die Haare zurück. Der Spiegel war voller Tropfen, die langsam an der Oberfläche herabliefen.

4

Herr Doktor Korff kam in Begleitung eines Mädchens, das höchstens fünfundzwanzig war. Wie ein Arzt auf Visite durchmaß er den Gang, fing in Sichtweite an zu lächeln und streckte bereits fünf Meter vor ihnen die Hand aus. Als Winter seine Hand nahm und ihm dabei in die Augen sah, wurde ihm schlagartig übel.

Er kannte Leute, deren Gegenwart ihm so unangenehm war, daß er körperlichen Widerwillen verspürte, aber so etwas hatte er noch nie erlebt. Korff löste in ihm eine derart starke Abneigung aus, daß er sich beherrschen mußte, nicht sofort wieder auf der Toilette zu verschwinden.

Korff hielt Winters Hand lange fest. Seine stahlblauen Augen taxierten ihn, als wäre er ein Insekt, trotzdem lächelte er verbindlich und fragte Winter, wie es ihm gehe. Er sagte das in der Art, in der alte

Schulfreunde sich begrüßen, die sich lange nicht gesehen haben, doch ohne eine Antwort abzuwarten, wandte er sich Tatjana zu und sagte »Korff«, und Tatjana sagte »Brandes« und lächelte.

»Das ist Frau Danato, meine Assistentin«, stellte er mit einer vagen Kopfbewegung das Mädchen vor, das ihm in einiger Entfernung gefolgt war und nun schräg hinter ihm stand. Sie sah sie nicht an, sondern starrte auf das »H« an der Klotür, als hätte sie eine Vision.

Tatjana hielt ihr die Hand hin und sagte wieder »Brandes«, aber das Mädchen nickte nur leicht, ohne die Tür aus den Augen zu lassen. Tatjana stand da mit ihrem Lächeln und der ausgestreckten Hand und wußte nicht, was sie damit anfangen sollte. Ihre Hilflosigkeit lastete über ihr wie die Stille nach einer unbeantworteten Frage, und er wollte gerade auf sie zugehen und etwas tun, das die Situation entspannte, als Korff ihm den Arm um die Schultern legte und ihn in einen Gang dirigierte.

Winter konnte sein Rasierwasser riechen, irgendwas Holziges, ummantelt von einer derart scharfen Frische, daß er vermutete, er habe sich gerade erst rasiert.

Korff war ein hochgewachsener schlanker Mann Mitte Fünfzig, der in einem dunkelblauen Maßanzug steckte. Es gab nichts, wodurch sich Winters Widerwillen erklären ließ, aber etwas in ihm wollte auf der Stelle diesen Arm wegschlagen, der schwer auf seinen Schultern lag. Er drehte sich zu Tatjana und dem

Mädchen und spürte dabei die Haare von Korffs Unterarm im Nacken, kurz streifte er den Blick von Korffs Assistentin, aber sie schlug sofort die Augen nieder und zog an ihrem Kleid, ein schwarzes Baumwollkleid mit auffallend langen Ärmeln, die ihr bis über die Hände reichten. Sie ging anders als Korff, auch anders als Tatjana, weniger bestimmt, eher schwebend, und Winter fragte sich, wie sie es schaffte, trotz ihrer augenscheinlich langsameren, fließenderen Bewegungen einigermaßen Schritt zu halten.

Als Winter sich dem Rhythmus seines Auftraggebers angepaßt hatte, ließ Korff ihn los. Winter sah, wie er sich zu seiner Assistentin beugte und etwas sagte, das Winter nicht verstand, dann war er wieder neben ihm und fragte, ob sie alles gut gefunden hätten. Tatjana übernahm das Gespräch, redete irgendwas von schöner Lage, aber Korff schien ihr nicht zuzuhören. Das Mädchen ging jetzt beinahe neben Winter, und er kam sich lächerlich vor mit all den Prospekten, die ihm Tatjana in die Hand gedrückt hatte. Er hielt Ausschau nach einem Tisch oder einem Regal, um sie loszuwerden, aber da war nichts.

Im Konferenzraum leuchtete derselbe Halogensternenhimmel wie in der Agentur, obwohl das Licht, das durch die Fenster fiel, unerträglich hell war. Korff setzte sich mit dem Rücken zur Sonne und betätigte einen Schalter unter dem Tisch. Mit einem leisen Motorengeräusch schoben sich Jalousien vor die Glasfront.

»Kaffee?« fragte er, dann ging alles seinen Gang: Tatjana stellte kurz die Agentur vor, zeigte zwei, drei namhafte Kampagnen und versprühte dabei den Charme zweier Rhetorik-Kompaktseminare, während Korffs Assistentin neben ihr am Tisch saß und sich nicht rührte. Ihre Haare fielen schwarz und wirr in ihr blasses Gesicht, und manchmal kam es Winter vor, als beobachte sie ihn. Sie sah aus, als wäre sie auf ihrem Stuhl eingeschlafen, nur ihre Haare zitterten von Zeit zu Zeit vor ihrem Gesicht.

Er hatte nicht die geringste Ahnung, was in ihr vorging und warum Korff ihr respektloses Verhalten tolerierte; sie saß da, als hätte sie mit all dem nichts zu tun, als verachte sie das, was um sie herum geschah, und neben Tatjana, die sich jetzt gewaltig ins Zeug legte mit Blicken und Lächeln und sich-die-Haare-aus-der-Stirn-streichen, wirkte sie fast monumental, erhaben über die Nichtigkeit dieses Spiels, und Winter gefiel es, sich vorzustellen, daß sie jetzt in einer völlig anderen Welt war. *Der einzige Mensch, der keine Geschwindigkeit hat und deshalb absinken kann unter die Oberfläche der Dinge*, dachte er, *der immer da ist, wie Ampeln oder das Wetter*; er spürte dem Klang der Worte nach wie den Zeilen eines längst vergessenen Liedes, sie sah ihn jetzt direkt an, aber er hielt ihrem Blick stand. Erst als Tatjana sich räusperte und ihn unter dem Tisch trat, bemerkte er die Stille im Raum.

»Bitte, Herr Winter«, sagte Korff freundlich, und Winter sprang auf; ein unaufmerksamer Schüler, der von seinem Lehrer ertappt worden war.

Automatisch begann er zu reden. Die ersten Sätze kamen von selbst; Sätze, die er auswendig konnte, weil er sie immer sagte, aber nach einer Weile geriet er ins Stocken.

Sie hatten Korff noch lange nicht, das merkte auch Tatjana. Winter erkannte das daran, wie sie ihren Kaffee trank, kleine Verlegenheitsschlückchen, bei denen sie jedesmal einen Lippenstiftabdruck an der Tasse hinterließ. Er bemühte sich, Korff in die Augen zu sehen, während er sprach, die Übelkeit zu unterdrücken; *eine Pappfigur*, dachte er, *er ist nichts als eine Pappfigur*, und gerade als es ihm gelang, einigermaßen sicher über die Möglichkeiten zu sprechen, durch eine geschickte Mediaplanung den Etat effektiver einzusetzen als bisher, sprang Korffs Assistentin plötzlich auf und stellte sich vor die Glasfront.

Korff war sichtlich irritiert, doch es gelang ihm, sich nicht nach seiner Assistentin umzudrehen. Winter spürte, daß er eine Zigarette brauchte. Automatisch tastete er nach dem Inhalator in seinem Jackett, das er über den Stuhl gehängt hatte, und schloß seine Hand um den Aluminiumbehälter. Ihm war immer noch kalt, besonders an den Füßen, er schenkte sich heißen Kaffee nach und nahm die Tasse in beide Hände, sah erst Korff über den Rand seiner Tasse an, dann das Mädchen. Sie stand mit dem Rücken zu ihnen und schien durch die Lamellen der Jalousie, die nicht ganz geschlossen waren, etwas zu fixieren.

Zögernd sprach er weiter. Das Licht, das von außen durch die Jalousie drang, zerteilte Tatjanas Körper in helle und dunkle Segmente, und Winter hatte Mühe, den Faden wieder aufzunehmen. Er begann einen allgemeinen Exkurs über Event-Marketing, doch noch bevor er den Gedanken zu Ende gebracht hatte, drückte Korff unvermittelt ein paar Knöpfe. Die Jalousien schlossen sich vollständig, der Sternenhimmel erlosch, eine Leinwand entrollte sich von der Decke, und zwischen ihnen wuchs ein Multivisions-Diaprojektor aus dem Tisch.

Korff räusperte sich. Tatjana holte die Dunhill-Packung aus ihrer Tasche. Sie hatte noch nie während eines Termins geraucht und warf Winter einen flehenden Blick zu, aber er war sicher, daß nicht sein Vortrag der Grund dafür war, daß Korff ihn unterbrochen hatte, sondern dessen Assistentin. Er machte eine Handbewegung, die Tatjana bedeuten sollte, daß alles in Ordnung war, daß sie nur ruhig bleiben solle, dann nahm er sich über den Tisch hinweg eine von ihren Dunhills und zog das goldene Feuerzeug zu sich herüber. Als er es aufspringen ließ, fiel ihm Tatjanas Glückskeks-Spruch entgegen, der darin eingeklemmt war: *Ein schöner Teil der Reise ist die Fahrt dorthin – amüsiere dich*, und plötzlich wußte Winter, daß er diesen Mann kannte. Sein Gesicht, sein Geruch und vor allem diese entschlossene Art zu reden weckten in ihm Gefühle, die er längst vergessen geglaubt hatte. Auch die Übelkeit war jetzt wieder da.

Winter versuchte sich nichts anmerken zu lassen, zündete die Zigarette an und inhalierte tief, während Korff die Unternehmensgeschichte abhandelte; er formulierte druckreif und ohne jede Unsicherheit, dazu drückte er in schneller Folge Dias von dem Gebäude, dem Fuhrpark, Mitarbeitern an CAD-Monitoren und Grafiken, die die Firmenstruktur veranschaulichen sollten, auf die Leinwand. Das Mädchen stand noch immer mit dem Rücken zu ihnen, und Winter hatte den Eindruck, daß Korffs Sätze, die ihm wie Peitschenhiebe vorkamen, vor allem ihr galten, ihrer Ignoranz, ihrer unverschämten Art, seine Autorität zu unterwandern, ihn bloßzustellen vor den Augen aller, und nach einem Schnelldurchlauf der bisherigen Werbeaktivitäten, jeweils begleitet von einem knappen Kommentar, was erfolgreich gewesen war und was nicht – Korffs Stimme hatte bereits eine bedrohliche Lautstärke erreicht – drehte er sich zu ihr, eine Bewegung, auf die er lange gewartet zu haben schien und die explosionsartig aus ihm herausbrach: »Würden Sie jetzt bitte!« Jedes Wort war ein Befehl, und in einer vollkommen harmonischen Bewegung wandte sie sich vom Fenster ab, ging herüber zum Regal, lud sich etwas auf den Arm und breitete mit provozierender Langsamkeit Klarsichtmappen über den Tisch, Visitenkarten, Prospekte, Bestellformulare; ihr Gesicht zeigte sich nicht im mindesten beeindruckt, Winter glaubte sogar, daß sie lächelte, und während er und Tatjana die Mappen nahmen und der Höflichkeit halber taten, als sähen sie sich bestimmte Details genauer an, kam Korff plötzlich zum Punkt. Ihm schwebe, sagte er, seine Stimme hatte sich wieder beruhigt, für die Präsentation ein umfassendes und übergreifendes Konzept vor, das die nächsten Jahre Bestand habe. Keine Materialschlachten für jedes Faxformular, sagte er, keine absurden Sponsoring-Vorschläge, sondern eine Grundidee, die trage und alle Bereiche des Unternehmens in einer ebenso einheitlichen wie souveränen Ansprache adäquat transportiere.

Tatjana nickte dazu heftig, um Korff ihr grenzenloses Verständnis zu signalisieren und warf Winter einen aufmunternden Blick zu. Winter lächelte. Er versuchte das Gesicht der Assistentin zu erkennen, die sich jetzt an irgendwelchen Keksdosen zu schaffen machte, aber sie stand genau hinter dem Lichtkegel, den der Projektor auf die Leinwand warf, mit tanzendem Staub darin, der ihm absurd hell erschien. Sie verteilte die Kekse auf einem schwarzen Teller und ging hinten um die Leinwand herum auf seine Seite des Tisches. Er konnte ihren Körper riechen, während sie sich über ihn beugte, und ein Ärmel ihres Kleides streifte leicht seinen Handrücken, als sie den Teller genau vor ihm abstellte; sie tat das alles in einer einzigen Bewegungsfolge, die erst erstarb, als sie wieder auf der anderen Seite stand und die Arme verschränkt hatte wie eine Puppe.

Korff wirkte vollkommen ungerührt und schob Tatjana und ihm je eine schwarze DIN A4-Mappe hin. Darin seien noch einmal die wichtigsten Eckdaten zusammengefaßt, sagte er, außerdem fänden sie dort ein ausführliches Briefing, das so auch an die anderen Agenturen gegangen sei. Sie hätten sieben

Tage Zeit, sagte er. Der Präsentationstermin sei heute in einer Woche.

Tatjana nahm sich jetzt doch eine Zigarette.

»Das ist ziemlich knapp«, sagte sie wie zu sich selbst. »Das ist ja kaum zu schaffen.« Dabei schüttelte sie leicht den Kopf.

Korff schwieg. Er schaltete den Projektor aus und ließ die Jalousien hochfahren. Dann, plötzlich, als hätte er sich geirrt, lief der Motor in die andere Richtung, und es war wieder dunkel. Korff schaltete den Sternenhimmel an, und Winter sah, wie sich die Strahler in den Augen seiner Assistentin spiegelten, die schwarz waren und vollkommen undurchschaubar.

»Der Stärkere wird gewinnen«, sagte Korff scheinbar ohne jeden Zusammenhang; er sah ihn dabei direkt an, und Winter spürte, wie sich seine Kehle zuschnürte. Dann, ganz langsam, schob er den Teller in die Mitte des Tisches.

5

Als er nach draußen trat, hatte er das Gefühl, heiße Watte zu atmen. Er ließ sich direkt neben der Tür gegen die Wand fallen und inhalierte dreimal hintereinander, aber es half nicht viel. Tatjana machte ein Gesicht, das er bisher nur aus amerikanischen Krankenhausserien kannte; sie griff in sein Jackett und sagte, »warte hier«, und während Winter an der Wand entlang Richtung Boden rutschte, sah er, wie Tatjana zum Wagen ging. Sie fuhr das Auto direkt vor seine Füße, stieg aus und hakte die Hände unter seine Achseln. Winter hätte ihr gern geholfen, aber seine Beine versagten.

»Scheiße«, sagte sie, »scheiße, was machen wir denn jetzt?«

Sie kniete sich neben ihn und hielt sich an seiner Schulter fest, wahrscheinlich ohne es zu merken. Ihr Parfüm nahm er kaum mehr wahr, sie roch jetzt nach

Schweiß und nach Angst, was er deutlich angenehmer fand. Ihre Anteilnahme rührte ihn, so ernst und gleichzeitig besorgt wirkten ihre Bewegungen, und plötzlich merkte er, daß es ihm besser ging. Der Himmel war blau, fast unnatürlich blau, Tatjana strich ihm über den Kopf und flüsterte, »das wird schon« und »mach dir keine Gedanken«, er fühlte sich vollkommen schwerelos, seine Atmung wurde ruhig, und nach einer Zeit, für die er kein Gefühl mehr hatte, saß er neben ihr im Wagen und sah, wie sie den Zündschlüssel umdrehte.

Swimming is easy when you're stuck in the middle of the Mississippi, all you have to do is crawl, sang Lloyd Cole; Winter hörte den Anlasser, die Zündung, den Motor, tausend kleine Explosionen, und wunderte sich, daß es immer dasselbe war: Jedesmal bevor er den Zündschlüssel umdrehte, wußte er, welches Lied kam und an welcher Stelle es einsetzte, weil er genau die Stelle im Kopf hatte, an der das Band weiterlief. Bewußt wurde ihm das erst, wenn die Musik die Melodie in seinem Kopf abfing und fortführte, und was ihn besonders erstaunte, war, daß das selbst dann zu funktionieren schien, wenn jemand anderes den Schlüssel drehte, daß es nichts mit ihm zu tun hatte, sondern einzig mit der Situation, und als Tatjana den Wagen auf die Straße gelenkt hatte, ließ er sich tief in den Sitz fallen, zündete sich eine Zigarette an und schloß die Augen.

6

Am Abend telefonierte er mit Tatjana. Er sagte, daß sie sich keine Sorgen machen solle, daß er das schon hinkriegen werde. Er habe auch schon ein paar wirklich gute Ideen. Das war zwar gelogen, aber er hatte das Gefühl, etwas ausbügeln zu müssen. Im Hintergrund bei ihr lief Portishead, und es schien ihr auch sonst nicht besonders gut zu gehen. Torben hätte gemerkt, daß etwas nicht in Ordnung sei, sagte sie; sie habe es nicht geschafft, ihm ein sicheres Gefühl bei der Sache zu vermitteln. Trotzdem hätte er, Winter, die besten Grafiker zugeteilt bekommen, sie warteten praktisch nur noch auf seine Ideen.

Er sagte, das sei ja beruhigend, und fragte, ob sie nicht Lust habe, mit ihm essen zu gehen. Sie verabredeten sich in einem Restaurant nahe der Kreuzung, an der sie so lange hatten warten müssen; »gib mir eine Stunde«, sagte sie, dann legten sie auf.

Winter hatte keine Lust, sich umzuziehen, und schaltete den Fernseher an. Irgendwelche Mädchen tanzten und warfen die Arme in die Höhe und wanden sich auf Kühlerhauben, und er versuchte sich das Gesicht von Korffs Assistentin vorzustellen, schaffte es aber nicht, die Empfindung ihres Gesichts mit einem Bild zu verknüpfen und drückte weiter.

»Ihre Coloration ist in Gefahr«, sagte eine Männerstimme, und die Frau, die sich eben noch selbstverliebt durch die Haare gefahren war, machte ein entsetztes Gesicht. »Ständiges Waschen und Umwelteinflüsse hinterlassen deutliche Spuren«, legte die Stimme nach, und die Frau ließ ihre Haare los und schaute ungläubig; eine traurige Strähne fiel ihr in die Stirn, sie sah jetzt aus wie ein Spielfilmopfer, bevor es erschossen wurde, in genau dem Moment, in dem es in einem guten Freund ihren Mörder erkennt.

Winter ging in die Küche und holte sich ein Bier. Er wählte die Nummer des Ferienhauses, ließ es aber nur ein paarmal klingeln. Wahrscheinlich brachte sie gerade die Kinder ins Bett.

Er nahm sich eine Zigarette aus der angebrochenen Schachtel, die seine Frau für Besuch in der Schublade mit den Teelichtern aufbewahrte, und betrachtete den Riß neben dem Kühlschrank, der quer über die ganze Wand verlief. Er fuhr mit dem Zeigefinger daran entlang. Jeden Tag schien ihm der Riß breiter zu werden, und irgendwann, dachte Winter, würde die Wand in zwei Hälften zerfallen. Manchmal, wenn es ganz still war, glaubte er Putz herausrieseln zu hören. Er bekam jedesmal eine Gänsehaut davon.

Winter beschloß, die U-Bahn zu nehmen und später mit dem Taxi zurückzufahren. Er brauchte Wein an diesem Abend; vielleicht, dachte er, käme er dann leichter auf Ideen, und schon im U-Bahnschacht las er Veranstaltungsplakate, Titel von Filmen und Theaterstücken, aber da war nichts, das etwas in ihm auslöste; er setzte sich auf eine Bank und hörte die Lautsprecherdurchsage, die an das Rauchverbot an allen unterirdischen Haltestellen erinnerte, es war angenehm kühl in dem Schacht, und kurz bevor die U-Bahn über das Gleis schoß, flatterte etwas über die Schienen, das lebendig aussah, ein Stück Zeitung, das ihm der Luftzug direkt in die Hände wehte: *Nehmen Sie die Säume Ihrer Gewänder hoch, meine Damen, wir gehen durch die Hölle*, stand auf dem Fetzen, unter einem Foto von Allen Ginsberg. Winter mußte lachen und steckte den Schnipsel in die Tasche. Die Türen öffneten sich. Winter stieg ein, und die U-Bahn tauchte in den Tunnel.

7

Das Restaurant war eine Art Kellergewölbe. An den Wänden und von der Decke hingen vielarmige Kerzenleuchter, die Schatten über den groben Putz legten. Winter setzte sich an einen schweren Holztisch in der Mitte des Raumes und nahm die Weinkarte: handgeschöpftes Büttenpapier, auf das jemand mit schwarzer Tinte sechs Weine zur Auswahl geschrieben hatte. Er entschied sich blind für den teuersten und ließ sich eine Flasche bringen. Dazu Brot.

Der Raum war gut gefüllt, außer seinem war nur noch ein Tisch frei gewesen, und Winter war froh, daß er so zeitig gekommen war. In einer Viertelstunde war er mit Tatjana verabredet; er beschloß, die Zeit zu nutzen, um ein paar Ideen aufzuschreiben. Vielleicht, dachte er, würde es ihr besser gehen, wenn er ihr etwas zeigen konnte.

Er zog den kleinen Spiralblock aus seiner Tasche und schrieb *Kampagnenideen C&S Klimatechnik*; er unterstrich die Wörter und begann zu überlegen. Seltsamerweise war die Kreuzung, über die sie zu Korff gefahren waren, auch eben noch verstopft gewesen, und als er gerade von der U-Bahnstation zum Restaurant gegangen war, hatte er hinter der Kreuzung wieder kein Auto bemerkt. Er malte die Kreuzung auf und zeichnete wartende Autos in drei Richtungen. Die vierte, leere Straße führte durch das Gewerbegebiet an den Waldrand zu Korff. Neben das C&S-Gebäude zeichnete er Bäume, und zwischen die Bäume ein Fragezeichen. Das Ganze sah aus wie ein auf dem Kopf stehendes Kreuz in einer sonderbaren Landschaft: Die Horizontlinie bildeten Worte, und über dem Horizont flogen entwurzelte Bäume und ein seltsamer Kasten.

Er schlug die Seite um. Schrieb wieder: *Kampagnenideen C&S Klimatechnik*. Unterstrich die Wörter. Nahm einen Schluck Wein. Schrieb: *rot*, schrieb: *Hitze*, schrieb: *Glut*. Dann: *Wärmetechnik, Kältetechnik, Luftanlagen, Wetterschutz, Brandschutz, Entstaubung*.

Er unterbrach die Liste, schlug auch diese Seite um, schrieb: *Feuer, Wasser, Erde, Luft*. Er lehnte sich zurück. Verschränkte die Arme hinter dem Kopf. Steckte den Block in sein Hemd und zündete sich eine Zigarette aus der angebrochenen Schachtel an, die er von zu Hause mitgenommen hatte.

Tatjana zitterte, als sie sich zu ihm setzte. Sie trug jetzt einen engen mintfarbenen Pullover über einer ausgewaschenen Jeans und hatte irgendwas mit ihren Haaren gemacht.

»Geht's dir gut?« fragte er.

»Es ist kalt hier«, sagte sie, und als er sich umdrehte, um ihr einen Martini zu bestellen, sah er, daß auch andere Gäste ihre Jacken anbehalten hatten. Links hinter Tatjana bemerkte er einen Mann, der zwei Tische weiter mit dem Rücken zu ihm saß und ihm bekannt vorkam, aber er konnte ihn nicht zuordnen.

Als Tatjana sich einigermaßen am Tisch eingerichtet hatte, klopfte er gegen die Brusttasche seines Hemdes auf den Notizblock und sah sie vielversprechend an.

»Morgen nachmittag präsentiere ich dir die Kampagne deines Lebens«, sagte er, schenkte ihr Wein ein und versuchte sich zu erinnern, woher er den Mann kannte, hinter dessen Rücken er jetzt ein Mädchen entdeckte, das den Kopf gesenkt hielt.

Tatjana griff über den Tisch und drückte kurz seine Hand. Er schob ihr die Speisekarte hin und schlug selbst eine vor sich auf; das Mädchen war Korffs Assistentin, natürlich, und der Mann war Korff; er las *überbackene Artischockenherzen* und nahm einen großen Schluck Wein.

»Weißt du schon, was du willst?« fragte Tatjana, er sagte »Artischockenherzen« und schaffte es, mit einer Hand Tatjanas Zigarettenschachtel zu öffnen, sich eine Dunhill zu nehmen und anzuzünden.

»Du rauchst zuviel«, sagte sie, und er sagte: »Ja.«

Korff schien relativ gefaßt mit seiner Assistentin zu sprechen, seine Schultern bewegten sich kaum, und es sah nicht aus, als würden sie sich streiten. Sie stocherte auf ihrem Teller herum, ohne zu essen, und Winter fragte sich, worüber die beiden wohl redeten. Wenn er Korff richtig einschätzte, war ihr Verhalten während des Termins ein klarer Kündigungsgrund gewesen, und er wunderte sich, daß Korff sie jetzt auch noch zum Essen einlud.

Tatjana schlug die Karte zu und sagte, »ich glaub, ich ess nur einen Salat«, sie fuhr sich mit beiden Händen durch die Haare, als wäre durch diese Entscheidung eine Last von ihr gefallen, und Winter sagte, daß er sie langweilig fände, daß sie etwas sagen solle, das nicht das Kriterium »beliebtester Satz in italienischen Restaurants« erfülle; sie nahm sich eine Zigarette und blies Rauch zur Seite, und Winter entschuldigte sich und sagte, daß er es nicht so gemeint habe, daß er auch nicht wisse, was mit ihm los sei.

Die Temperatur ihrer Haut, dachte er, *es hat etwas mit der Temperatur ihrer Haut zu tun*, und Tatjana nahm ihr Glas und sagte: »Ist schon okay«, als Winter plötzlich sah, daß ein Ruck durch Korffs Körper ging. Er beugte sich weit vor und schien seiner Assistentin zu drohen. Winter hörte deutlich den Baß seiner Stimme, verstand jedoch nicht, was er sagte.

Ganz langsam nahm sie eine kleine Handtasche von ihrem Stuhl, stand auf und ging um den Tisch herum an Korff vorbei in Winters Richtung.

Er merkte, wie ihm die Hitze ins Gesicht stieg.

Schnell sah er Tatjana an, aber ihm fiel nichts ein, was er sagen konnte, also nahm er sein Glas und trank einen großen Schluck Wein.

Sie ging direkt hinter seinem Rücken vorbei, zeigte aber kein Zeichen des Erkennens, obwohl sie ihn gesehen haben mußte. Schon als er zur Tür hereingekommen war, dachte er, mußte sie ihn gesehen haben.

Der Kellner fragte, ob sie sich entschieden hätten, und natürlich bestellte Tatjana Lasagne.

»Du verrätst sicher noch nichts, oder?« fragte sie, und er vermutete, sie meinte die Kampagne.

»Nein«, sagte er. »Ich verrate noch nichts.«

»Dann übe ich mich in Geduld.« Tatjana lächelte, und gerade als er sich damit abgefunden hatte, daß sie gegangen war, tauchte Korffs Assistentin hinter ihm auf. Er mußte sich nicht umdrehen, um sie zu bemerken, ihre Gegenwart war so präsent, daß er sie körperlich wahrnahm, und plötzlich spürte er, es ging alles ganz schnell, schneller als er reagieren konnte, drei kurze Striche über seinen Rücken, ganz leicht nur, aber unverkennbar gezeichnet: zwei parallel verlaufende vertikale Linien, dann eine horizontale, die die beiden ersten in der Mitte verband. Das Ganze hatte nicht länger als eine Sekunde gedauert, höchstens, dann saß sie wieder bei Korff, der von all dem nichts mitbekommen hatte, genausowenig wie Tatjana.

Die Striche brannten auf seinem Rücken, als wären sie mit einer Rasierklinge gezeichnet worden, er fühlte es bis unter die Kopfhaut, das »H«, und trotzdem fragte er sich, ob er sich das nicht eingebildet hatte, ob sie nicht nur zufällig sein Hemd gestreift hatte, aber das konnte nicht sein, das war zu deutlich gewesen, und Tatjana fragte, wann sie denn etwas sehen könne; er dachte, »H«, sagte, »um drei«, und plötzlich begriff er, plötzlich sah er alles vor sich; er nahm noch einen Schluck Wein, starrte das Mädchen an, das jetzt mit Korff sprach, entschuldigte sich bei Tatjana und ging in die Richtung, aus der sie gekommen war: eine Wendeltreppe aus Holz, unten der Sanitärbereich gefliest wie in der Pathologie, kein »H« an der Tür, dafür ein bronzener Herr mit Stock und Zylinder, nur Konturen, kein Gesicht, dahinter vier Kabinen. Er stieß die Türen auf, keine besetzt. Aber da war nichts. Er griff von unten in den Papierhandtuchspender, klappte die Toilettenbrillen hoch, kippte die Klobürstenständer mit den Füßen um, nichts. Klopfte gegen Seifenspender, Spiegel. Schaute, ob etwas hinter die Rohre unter den Waschbecken geklemmt war, rüttelte am Papierkorb. Er mußte an zahllose Kriminalfilme denken und schlug gegen die Deckel der Wasserkästen. Nummer drei fehlte es an Resonanz. Er hob ihn an und sah eine mit Klebeband angebrachte Videokassette, offensichtlich aus einem Camcorder. Sie war so groß wie seine Hand.

Die Kassette war nicht beschriftet, und er fand auch sonst nichts an der Rückseite des Deckels, keine handschriftliche Notiz, nichts, das ihm einen Hinweis gegeben hätte; er steckte die Kassette in die Innentasche seines Sakkos und verließ den Raum.

Als er zurückkam, stand das Essen auf dem Tisch. Korff und seine Assistentin waren verschwunden, und er fragte Tatjana, ob etwas Besonderes passiert sei.

»Ja«, sagte sie. »Das Essen ist gekommen. Ich werde allmählich betrunken. Und vielleicht sind auch meine Beinhaare ein Stück gewachsen, während ich auf dich gewartet habe.«

»Sonst nichts?« fragte er.

»Sonst nichts«, sagte sie und: »Alles in Ordnung mit dir?«

»Wieso?«

»Ich meine, was soll denn passiert sein, bist du da unten in ein Zeitloch gefallen?«

Sie kniff die Augen zusammen und schaute ihn mit gespielter Eindringlichkeit an: »Vielleicht sollte ich *dich* fragen, ob etwas passiert ist.«

Er verstand nicht, was sie damit meinte, bemühte sich aber, am Ball zu bleiben; er konnte das, ohne sich zu konzentrieren, und Tatjana machte mit, aus Reflex; er konnte ganze Konzepte entwickeln, während er solche Unterhaltungen führte, er konnte an Selbstmord denken oder an die Art, wie sich ein Blatt vom Baum löst, eindeutig und gleichzeitig voller Poesie; er konnte an Korffs Assistentin denken, während er Tatjanas Hand drückte, während ihnen beiden die Tränen in die Augen schossen vor Lachen, und daran änderte sich auch dann nichts, als ihm der Kellner die Rechnung vor die Nase schob, als er unterschrieb, die Kreditkarte zusammen mit dem gelben Beleg vom Unterteller nahm und aufstand; selbst dann änderte sich nichts daran, als er das kleine Geräusch hörte, automatisch nach unten blickte und das Streichholzpäckchen bemerkte, das von seiner Sitzfläche gefallen sein mußte; es änderte sich erst, als er das Päckchen aufgehoben und beiläufig den Aufdruck gelesen hatte, ein Landhaus, weiter die Straße runter; die Hausnummer verriet, daß es kurz hinter dem C&S-Gebäude liegen mußte. Er ließ die Streichhölzer in seine Tasche gleiten und spürte, daß ihm schwindelig wurde.

»Was ist los mit dir?« fragte Tatjana.

»Nichts«, sagte er. »Vielleicht habe ich zu viel getrunken.«

»Soll ich dich bringen?«

»Nein.« Winter versuchte zu lächeln. »Ich geh noch ein bißchen spazieren und ruf dann ein Taxi.«

»Sicher?« fragte Tatjana, als sie in ihren Alfa stieg.

Winter nickte. Er wartete, bis die Rücklichter nicht mehr zu sehen waren. Dann zündete er ein Streichholz an und sah auf die Uhr. Es war kurz vor Mitternacht. Es roch nach Schwefel.

8

Die Luft war klarer, nachts. Winter atmete mühelos und spürte mit jedem Schritt weniger, daß er ging. Kein Auto, kein Geräusch. Nur erschöpfte, zufriedene Stille.

Er ging die Straße entlang, immer weiter. Es war jetzt nur noch sein Körper, der sich durch die Nacht bewegte, angezogen von der Kraft eines unbestimmten Zieles.

Als er an dem C&S-Gebäude vorbeikam, war alles dunkel darin. Nur hinter einem Fenster glaubte er ein schwach flackerndes Licht zu erkennen, von einer Kerze vielleicht, aber er konnte sich täuschen.

Über den leeren Parkplatz ging er auf den Wald zu, machte dort, wo er einen Graben vermutete, einen großen Schritt und glaubte kurz zu fallen, landete dann aber sicher auf der anderen Seite.

Im Mondlicht wirkten die Bäume wie eine nächtliche Schaufensterdekoration, der Boden federte unter seinen Schritten, und vereinzelt knackten Zweige, was die Stille noch zu verstärken schien. Seine Ohren stellten sich automatisch auf eine höhere Schwingungsfrequenz ein, obwohl es genau das war, was er nicht wollte: etwas hören, das ihm angst machen konnte. Winter arbeitete sich geduckt durch dünnes Buschwerk und fragte sich, warum er hierher gekommen war. Was er zu finden glaubte. Er verfluchte sich dafür, daß er auf Tatjanas Angebot nicht eingegangen war, er hätte jetzt gemütlich zu Hause sitzen und sich das Video ansehen können. Schließlich hätte diese Streichholzschachtel auf jede andere Weise zu seinem Sitz gelangen können, vielleicht war sie ihm sogar selbst aus der Tasche gefallen, jedenfalls war es absurd, dahinter etwas zu vermuten, und er kam sich lächerlich vor, wie ein Wilderer den Wald zu durchstreifen. Zumal es überhaupt nichts Außergewöhnliches zu sehen gab, nichts, das die Blicke von Korffs Assistentin hätte auf sich ziehen können, das dieses angestrengte Beobachten durch die Jalousien hindurch gerechtfertigt hätte.

Er hatte gerade beschlossen, sich auf den Rückweg zu machen, als ein See vor ihm auftauchte, schwarz und unbewegt. Winter lief einen kleinen Abhang hinab und ging ein paar Schritte durch hellen Sand, dann stand er am Ufer.

Der See war nicht besonders groß, er konnte ihn ganz überblicken, und trotzdem spürte er die Erhabenheit, die von der gespannten Oberfläche ausging. Winter fragte sich, wie tief der See sein mochte, tippte eine Schuhspitze ins Wasser und beobachtete, wie sich kleine Wellen um ein leeres Zentrum ausbreiteten, und das Geräusch, das dabei entstand, kam ihm unverhältnismäßig laut vor.

Am anderen Ufer erkannte er die Lichter eines Hauses, das sich deutlich gegen den Himmel abzeichnete. Das Landhaus, dachte Winter, und: Wahrscheinlich hat Korffs Assistentin während des Termins einfach nur die leuchtende Wasseroberfläche beobachtet, und Korff hat die Jalousien heruntergelassen, weil er es schlicht unhöflich fand, daß sie aus dem Fenster sah.

Der Sandstreifen schimmerte im Mondlicht, und Winter folgte dem schmalen Weg in Richtung Landhaus. Der Sand war lose und tief, jeder Schritt kostete ihn Kraft, und selbst, als er nahe am Wasser ging, wo der Sand fester wurde, spürte er, wie sehr ihn das Gehen erschöpfte. Schweiß tropfte ihm ins Gesicht, und er überlegte, ob er die Schuhe ausziehen sollte, aber es waren nur noch wenige Meter.

Um eine erloschene Feuerstelle war in großem Abstand ein Kreis aus Steinen gelegt worden, und Winter fragte sich, warum die Steine nicht unmittelbar an dem verbrannten Holz lagen. Er trat näher und berührte einen verkohlten Ast. Etwas war in den Sand gezeichnet oder geschrieben worden, das man notdürftig verwischt hatte. Winter erkannte Fragmente einer geometrischen Figur und Buchstaben, die an der Innenseite des Steinkreises entlang geschrieben worden waren, aber es ließ sich nichts mehr entziffern.

Langsam schritt er den Kreis ab, zweimal, dreimal, dann ging er das letzte Stück Weg, bis er vor dem Landhaus stand; eine Luxusherberge, darauf ließen nicht nur die im Hof geparkten Autos schließen, sondern auch der Blick ins Foyer.

Winter drückte die Glastür auf und trat zögernd ein. Er überlegte, was er fragen sollte. Irgend etwas mußte er fragen, einfach um sich bemerkbar gemacht zu haben, um nicht mit dem Gefühl weggehen zu müssen, umsonst gekommen zu sein.

»Sie müssen Herr Winter sein«, hörte er eine Stimme neben sich.

Winter fuhr herum.

Der Junge an der Rezeption war Anfang zwanzig und hatte ein braunes, fein geschnittenes Gesicht, wahrscheinlich ein Inder. Er steckte in einer Art Uniform aus dunkelrotem Stoff und hielt kurz inne, etwas in ein großes Buch zu schreiben, das aufgeschlagen vor ihm lag.

»Meinen Sie mich?« fragte Winter verwirrt.

»Sie sind doch Herr Winter, nicht wahr«, sagte der Junge, aber es klang nicht wie eine Frage. »Sie sind Herr Jakob Winter, und, mit Verlaub, mein Herr, Sie kommen ziemlich spät.«

»Aber ...« Winter wischte sich über die Stirn.

Der Junge lächelte ihn an und schob ihm einen Block entgegen. »Wenn Sie das bitte ausfüllen wollen. Die Anschrift reicht«, sagte er und schrieb etwas mit schwarzer Tinte in sein Buch.

»Verzeihen Sie«, sagte Winter. »Verzeihen Sie,

aber könnten Sie mir bitte sagen, wer auf meinen Namen ein Zimmer bestellt hat?«

Der Junge verzog den Mund, schraubte seinen Füller zu und legte ihn in das Buch.

»Sie, Herr Winter«, sagte er. »Sie haben dieses Zimmer bestellt.« Er lächelte. »Sonst wären Sie doch nicht hier, oder?«

»Aber ... das ist unmöglich«, sagte Winter. »Ich ... *kenne* Ihr Hotel doch überhaupt nicht.«

»Nun, Herr Winter, Sie sind hier, nicht wahr? Gestern haben wir telefoniert. Sie haben ein Doppelzimmer bestellt. Sie haben sogar extra gefragt, ob die Nummer 11 noch frei ist. Daraus habe ich geschlossen, daß Sie unser Haus bereits kennen.«

»Ich habe ein *Doppel*zimmer bestellt? Sehen Sie, es ist doch offensichtlich, daß hier ein Irrtum vorliegt. Ich bin allein, und ich erwarte auch niemanden. Ich kenne Ihr Haus nicht, und ich habe ganz sicher nicht mit Ihnen telefoniert.«

»Darf ich dann fragen, was Sie hier wollen?« fragte der Junge freundlich.

Winter schwieg.

»Verstehen Sie«, fuhr der Junge fort, »wir pflegen unsere Gäste nicht danach zu fragen, warum sie ein Doppelzimmer reservieren. Und wenn Sie nicht ausdrücklich dieses Zimmer verlangt hätten, hätte ich es bereits vergeben. Wir sind komplett ausgebucht. Ich hätte das Zimmer allein heute abend dreimal vermieten können, wenn ich nicht gewußt hätte, daß Sie noch kommen. Und jetzt sind Sie hier, nicht wahr,

Herr Winter? Sie sind hier, und ich darf Ihnen versichern, daß wir uns sehr darüber freuen.«

»Ja«, sagte Winter. »Ja. Jetzt bin ich hier.« Er zögerte noch immer. »Und Sie sind sicher, daß Sie mit mir telefoniert haben?«

»Ganz gewiß, Herr Winter«, sagte der Junge und schob ihm einen Schlüssel hin. »Ich vergesse niemals eine Stimme.«

Winter füllte den Zettel aus, legte seinen Personalausweis dazu und nahm den Schlüssel mit der Nummer 11 in Empfang.

»Genießen Sie Ihren Aufenthalt«, sagte der Junge und schraubte den Füller wieder auf.

»Ja«, sagte Winter und stieg langsam die Treppe hoch.

»Wenn Sie Gepäck haben –«, rief der Junge hinter ihm her.

»Nein«, sagte Winter. »Nein, ich hab alles bei mir. Danke.« Er warf noch einen Blick zurück, aber der Junge war schon wieder in sein Buch vertieft.

»Eins noch«, rief Winter ihm von der Treppe aus zu, und der Junge sah noch einmal auf. »Für wie lange habe ich das Zimmer reserviert?«

»Nur eine Nacht, Herr Winter«, sagte er. »Nur für eine Nacht.«

Im Zwischengeschoß kam ihm ein Mann entgegen, der ihn im Vorübergehen grüßte, hinter ihm aber plötzlich stehenblieb. Winter ging noch zwei Stufen, dann sah er sich um. Der Mann stand da und starrte ihm ins Gesicht.

»Jakob?« fragte er zögernd.

Winter kniff die Augen zusammen: »Kennen wir uns?«

»Ich glaube schon«, sagte der Mann und kam langsam näher. Er war in Winters Alter, Ende Dreißig, trug einen schwarzen Cashmere-Pullover zu einer nachtblauen Leinenhose und hatte ein Gesicht, das irgendwie an Cary Grant erinnerte. Aber an niemanden, den Winter kannte.

»Ja«, sagte der Mann. »Natürlich. Du bist Jakob. Es ist lange her, aber ich erinnere mich an dich. Johannes. Weißt du nicht mehr?«

»Ich kenne keinen Johannes«, sagte Winter, und Johannes streckte den Zeigefinger nach ihm aus und grinste breit: »Na, dafür haben wir aber 'ne ganze Menge zusammen erlebt.«

»Entschuldigung«, brachte Winter hervor, »aber vielleicht helfen Sie mir auf die Sprünge?«

»Du hast recht. Kein Wort, stimmt's?« Er zwinkerte ihm verschwörerisch zu. »Freut mich jedenfalls, daß du jetzt auch dabei bist. Und wenn du magst«, er hielt ihm eine Visitenkarte entgegen, »dann ruf doch mal an, ja? Glaube nicht, daß wir gleich Gelegenheit zum Reden finden werden.«

Winter steckte die Visitenkarte ein.

»Wir sehen uns, schätze ich«, lachte Johannes und lief die Treppe hinunter.

9

Winter schlug die Tagesdecke zurück und setzte sich auf das große Eichenbett. Schwere Stoffe hingen von den Wänden, über dem Bett waren gekreuzte Degen angebracht, und das Badezimmer war ganz aus Marmor.

Er schaltete den Fernseher ein. Die Stille in dem Zimmer machte ihn nervös, und der Ton aus dem Fernseher gab der Situation etwas Alltägliches. Es wird eine Erklärung für all das geben, dachte er.

Es klopfte an der Tür.

Das ist sie, schoß es ihm durch den Kopf, und erst in diesem Moment wurde ihm bewußt, daß er darauf gewartet hatte. Daß er dieses Zimmer nur bezogen hatte, weil er damit rechnete, Korffs Assistentin zu treffen.

Eigentlich war die Vermutung, daß sie die Streichhölzer auf seinem Sitz plaziert hatte, ziemlich abwegig. Doch das Zeichen auf seinem Rücken und die im Spülkasten gefundene Videokassette hatten ihn in dem Glauben bestärkt, daß alles kein Zufall war: Der Rezeptionist, der behauptet hatte, mit ihm am Vortag telefoniert zu haben. Die Blicke, die Korffs Assistentin während des Termins in Richtung Landhaus geschickt hatte. Und dieser sonderbare Johannes.

Es klopfte noch einmal, diesmal fordernder.

Winter öffnete die Tür. Vor ihm stand der Junge von der Rezeption.

»Ich habe etwas vergessen«, sagte er. »Es ist etwas für Sie abgegeben worden.«

Er reichte ihm einen Umschlag, auf dem sein Name stand, Winter schloß die Tür hinter ihm ab und setzte sich aufs Bett. Er war nicht enttäuscht, zumindest glaubte er das nicht. Die Aussicht, plötzlich Korffs Assistentin allein gegenüberzustehen, noch dazu in einem Hotelzimmer, das wahrscheinlich sie für ihn gebucht hatte, wirkte befremdend auf ihn, verstörend und – auch das mußte er zugeben – erregend zugleich, denn daß er neugierig war zu erfahren, was hinter all dem steckte, konnte er ebensowenig verhehlen wie die Tatsache, daß dieses Mädchen eine besondere Wirkung auf ihn ausübte.

Die Handschrift auf dem Umschlag kannte er nicht, was er als Indiz dafür wertete, daß er schlicht das Opfer einer Verwechslung war, und der Brief darin würde das bestätigen. Es gab sicher mehr Jakob Winters auf der Welt als ihn, und daß man seine

Stimme mit einer Telefonstimme verwechseln konnte, hielt er auch nicht für ausgeschlossen.

Er riß den Umschlag auf, aber es lag kein Brief darin, sondern eine Spielkarte. »Der Mond« stand darauf, unter einem rätselhaften Bild, das zwei wolfsähnliche Wesen im Schatten zweier schwarzer Türme zeigte, die in der einen Hand einen Stab, in der anderen so etwas wie einen Schlüssel hielten. Winter kannte diese Art von Karten, er hatte sie einmal bei Tatjana gesehen und sich darüber lustig gemacht.

Ob Tatjana dahintersteckte? Abgesehen von dem Mädchen war sie die einzige, die die Videokassette in der Toilette hätte verstecken können, und nur sie hätte auch dieses Zimmer einen Tag zuvor bestellen können. Die Karte wäre dann nichts weiter als eine subtile Absenderangabe, die Aufklärung, der Schlüssel. Plötzlich bekam alles einen Sinn. Blieb nur die Frage: warum? Winter war sicher, daß das Videoband die Erklärung liefern würde. Vielleicht hatten Torben und sie sich das zusammen ausgedacht, um den Prozeß der Ideenfindung durch eine besonders erlesene Atmosphäre zu inspirieren. Sah ihnen das nicht ähnlich?

Winter beschloß, nicht weiter darüber nachzudenken und zu versuchen, das zu tun, was ihm der Junge an der Rezeption geraten hatte: den Aufenthalt zu genießen.

Er schenkte sich aus der Kristallkaraffe, die zusammen mit zwei Gläsern auf einem Tisch neben dem

Fernseher stand, ein Glas Portwein ein und dachte wieder daran, seine Frau anzurufen. Diesmal, weil er es wollte und nicht, weil er glaubte, das tun zu müssen. Aber dann warf er einen Blick auf die Uhr und beschloß, das auf den nächsten Tag zu verschieben. Wahrscheinlich schliefen sie längst.

In seiner Schachtel waren noch vier Zigaretten. Winter legte sie auf den Tisch, daneben stellte er den Inhalator. Im Aschenbecher lag das gleiche Streichholzpäckchen, das er im Restaurant gefunden hatte; er holte seinen Spiralblock und einen Stift, schaltete den Fernseher aus und las seine Notizen. *Feuer, Wasser, Erde, Luft* stand auf der zuletzt beschriebenen Seite. Das war nicht viel. Aber es war ein Ansatz. Er trank sein Glas aus. Wenn er es schaffen würde, alle Leistungsbereiche von C&S den Elementen zuzuordnen, wäre er aus dem Schneider. Dann hätte er die Idee zu dem übergreifenden Konzept, von dem Korff gesprochen hatte.

Er schenkte sich noch ein Glas Portwein ein und zog die Vorhänge zu. Die großen Glasflächen mit der Finsternis dahinter beunruhigten ihn.

Plötzlich fiel ihm etwas ein. Er zog die Schublade seines Nachttischs auf und fand darin, was er zu finden gehofft hatte. Er nahm die Bibel und schlug sie auf. Auf Seite drei standen »Zum Lesen empfohlene Stellen«. Die Rubriken reichten von »Göttliche Grundlagen« bis »Praktische Regeln«. Danach folgte ein vierseitiges alphabetisches Register: »Wo findet man Hilfe«, mit Stichworten von »Anfechtung« bis

»Zweifel«. Er überblätterte auch diese Seiten und las den Anfang des Buches Genesis. Die Schöpfungsgeschichte.

Nach wenigen Minuten hatte Winter alle Leistungs- und Anwendungsbereiche von C&S als Stichpunkte auf elf Zetteln seines Spiralblocks verteilt, die er herausgerissen und über den Tisch gebreitet hatte: sieben Schöpfungstage, vier Elemente. Ein System, das relativ einfach funktionieren konnte. Es implizierte einen philosophischen Überbau, stellte einen direkten Bezug zur Natur her, und es hatte Größe.

Er trank sein Glas aus. Schon morgen würde er die Grafiker instruieren, sich nach geeigneten Motiven umzusehen. Zur Veranschaulichung des Prinzips stellte er sich drei Anzeigen vor. Starkes Bild, gute Headline, ein paar griffige Sätze als Fließtext, und der Etat war gewonnen. Er hatte jetzt nur noch eine Ansprache zu entwickeln, die der drohenden Gefahr des unfreiwillig Komischen entgegenwirkte. Klug, witzig, vielleicht sogar leicht ironisch. Auf keinen Fall protzig.

Wir schaffen Lebensräume, schrieb er auf. Das konnte der Claim sein. Alles andere war Feinarbeit und würde sich von selbst ergeben.

Winter lehnte sich zurück, schenkte Portwein nach und zündete sich eine Zigarette an. Dann wählte er Tatjanas Handynummer, weil er ihr von der Idee erzählen wollte. Natürlich antwortete nur die Mailbox, und Tatjana um kurz nach eins aus dem Schlaf zu holen, wagte er nicht.

Er räumte die Zettel zusammen, öffnete das Fenster und kippte den Inhalt des Aschenbechers nach draußen. Erst jetzt bemerkte er, daß er von seinem Fenster aus den ganzen See überblicken konnte, und daß genau an der Stelle, an der er den Steinkreis gesehen hatte, Leute durcheinander liefen. Sie schienen etwas vorzubereiten, ein Feuer vielleicht. Vermutlich Studenten, die noch ein bißchen feiern wollten, dachte Winter. Aber keiner von ihnen trug kurze Hosen oder ein T-Shirt; sie alle waren in eine Art Gewand gehüllt, das der Temperatur nicht angemessen schien. Wahrscheinlich ein Spiel, dachte Winter. Eines dieser Adventure-Games, bei denen man Schwerter zurückerobern oder Prinzessinnen befreien muß.

Er ließ das Fenster geöffnet, zog sich aus und wusch sich. Bevor er das Fenster schloß, sah er noch einmal nach draußen, aber die Leute waren verschwunden. Nur im Wald flackerte etwas, das ein Feuer sein konnte. Winter zog die Vorhänge zu und legte sich ins Bett. Sein Blick fiel auf das Bild an der Wand ihm gegenüber, eine Jagdszene, in dunklen Öltönen gemalt. Drei Männer mit Gewehren und Hunden verfolgten etwas durch einen Wald. Sie trugen Hüte und waren im Verhältnis zu den Bäumen sehr klein. Die Jäger nahmen nur etwa ein Zehntel des Bildes ein, die Finsternis des Himmels schien sie zu erdrücken. Es war, als merkten die Jäger nicht, wie sich über ihnen ein Unwetter zusammenzog, als wären sie so in die Jagd vertieft, daß sie nicht spürten, wie sie selbst einem Gegner ausgeliefert waren, der ungleich mächtiger war und eine weitaus größere Bedrohung darstellte als sie.

Winter fragte sich, wieso ihm dieses Bild so vertraut vorkam. Vielleicht, dachte er, gibt es ein Gemälde, das diesem sehr ähnlich sieht. Ein bekanntes Bild, dem das hier nachempfunden ist. Vielleicht gab es einen gescheiterten Künstler, einen Freund des Hauses, der sich damit über Wasser hielt, berühmte Malereien zu reproduzieren.

Er ließ das Bild noch eine Zeitlang auf sich wirken, dann löschte er das Licht.

Als er fast eingeschlafen war, klingelte das Telefon. Winter tastete im Dunkeln nach dem Hörer und nahm ab.

»Ja?« fragte er und wartete. Er hörte jemanden atmen, ganz leicht nur, aber unverkennbar.

»Sind Sie das?« fragte Winter und erschrak über den vertraulichen Ton in seiner Stimme.

»Ja«, antwortete sie nach einer langen Pause. »Ich bin das.«

Es war das erste Mal, daß er ihre Stimme hörte, aber er war nicht überrascht. Weder vom Klang ihrer Stimme noch von der Tatsache, daß sie ihn anrief.

»Wo sind Sie?« fragte er.

»Was glauben Sie?«

»Ich weiß nicht«, sagte Winter. »Sind Sie auch hier? Hier im Haus?« Er fühlte sich unwohl. »Woher soll ich wissen, wo Sie sind. Ich weiß nicht mal, wer Sie sind und warum ich hier bin.«

»Warum Sie hier sind? Das ist einfach: Weil Sie hierher gekommen sind«, sagte sie. »Sie sind hierher gekommen, weil Sie es wollten.«

»Wer sind Sie?« fragte er.

»Sie kennen mich nicht?«

»Nein. Ich meine: ja, natürlich, wir haben uns heute morgen ...«

»Haben Sie das Gefühl, mich nicht zu kennen?« unterbrach sie ihn.

Winter zögerte.

»Nein«, flüsterte er. »Nein. Ich habe das Gefühl, ich kenne Sie sehr gut. Aber ich weiß nicht ...«

»Sie werden sich an mich erinnern«, sagte sie.

Dann legte sie auf.

10

Erst sah er nur Schnee. Weißes Rauschen, das plötzlich abriß. Der Bildschirm war jetzt schwarz, bis auf einen grauen Streifen, der langsam von unten nach oben kroch, unterlegt von feinem magnetischen Brummen. Dann fing die Aufnahme an. Unruhig. Verwackelt.

Es war Nacht. Unscharfe Äste und Zweige wischten durchs Bild; man hörte nur das Atmen der Person, die filmte, weiter nichts.

Plötzlich schien sie etwas erfaßt zu haben. Die Kamera flatterte nicht mehr wie ein Insekt durch die Nacht, sondern fokussierte eine Stelle, an der ein Feuer brannte. Daneben traten Schemen aus der Finsternis: Winter erkannte die Konturen von fünf Personen, die um eine sechste Person herumstanden. Er versuchte ihre Gesichter zu erkennen, aber sie waren zu weit entfernt. Wie Raumfahrer bewegten sie sich um die Figur in der Mitte, die jetzt die Hände vor der Brust kreuzte wie ein Pharao.

Winter fand, daß das ziemlich albern aussah, und als die Gestalten im Außenkreis auf die Knie fielen und der Pharao gebieterische Gesten machte, glaubte er an einen schlechten Scherz.

Die Aufnahme war noch immer verwackelt, aber Winter sah, daß die Gestalt sich in vier Richtungen wandte und mit präzis abgezirkelten Bewegungen unsichtbare Figuren in den Himmel zeichnete. Auch hörte er plötzlich etwas: einen Baßton, der anders klang als das Grundgeräusch der Tonspur. Es war Gesang.

Dann riß die Aufzeichnung ab, und Schnee füllte wieder den Bildschirm.

Es war acht Uhr morgens. Winter hatte nur kurz und unruhig geschlafen. Gegen sechs war er in den Frühstücksraum gegangen, hatte vier Tassen Kaffee getrunken, Margarinetoast gegessen und sich dann in ein Taxi gesetzt. Weder Korffs Assistentin noch der Mann, der sich als Johannes vorgestellt hatte, waren ihm begegnet. Sogar der Junge an der Rezeption war ein anderer gewesen, ein stämmiger Kerl mit blonden Haaren, die er hinten zu einem Zopf zusammengebunden trug. Nichts erinnerte mehr an die Ereignisse des Vortags, und wenn er nicht noch die Videokassette und die Mondkarte gehabt hätte, wäre Winter bereits während der Fahrt zu seiner Wohnung versucht gewesen, das Ganze als Traum abzutun.

Als er gegen halb zehn in den Wagen stieg, um zur Agentur zu fahren, war es noch heißer als am Tag zuvor. Winter hielt den Kopf in den Fahrtwind und schaltete das Radio an. *Tötet den Krieg*, hatte jemand auf ein Bettlaken geschrieben, und Winter fragte sich, welcher Krieg damit gemeint sein konnte. Er drückte ein paar Knöpfe an seinem Radio, aber die Sender spielten nur überdrehte Gute-Laune-Musik, wie immer, wenn der Sommer die Stadt fest im Griff hielt.

Den Tauben ließ er noch weniger Zeit für eine Reaktion als sonst. Er tippte sogar leicht aufs Gas, als er in die Einfahrt bog, in einer Wolke aus Staub und Gefieder stoben sie auseinander. Wieder hatten sie sich an den Resten eines Kadavers zu schaffen gemacht, und wieder schien es eine von ihnen zu sein. Es mußte jemanden in der Umgebung geben, der Tauben tötete, er schien es jeden Tag zu machen, wie Zähneputzen, und Winter begann, das zu verstehen.

Alina hatte ein luftiges zitronengelbes Kleid an, das gut zu ihrer gebräunten Haut paßte. Er hätte gern ein bißchen mit ihr geredet, einfach um den Klang seiner Stimme zu hören, um irgend etwas zu sagen, das ihm ein Gefühl von Normalität vermitteln konnte, aber sie telefonierte und lächelte ihm nur abwesend zu, als er vorbeiging.

Er stieg die Treppe hoch zu seinem Büro und schaltete den Computer an. Er hatte nicht mehr als eine Handvoll kleiner Notizzettel, die mit Stichworten übersät waren, aber bis zum Nachmittag würde er daraus ein Konzept machen, das Torben und Tatjana Tränen in die Augen treiben würde. Am besten, er bestellte gleich zwei Grafiker zu dem Termin. Das machte einen endgültigeren Eindruck.

Bevor er mit der Arbeit begann, wählte er Tatjanas interne Nummer und erkundigte sich, ob sie gut geschlafen habe.

»Wieso?« fragte sie.

»Danke für das Hotel«, sagte er.

»Welches Hotel?« Sie klang verwundert.

»Vergiß es«, sagte er. »Wir sehen uns um drei.«

Um kurz vor fünf war sein Konzept beschlossene Sache. Winter hatte zwar ein gutes Gefühl gehabt, aber daß es so einfach werden würde, hatte er nicht erwartet. Tatjana und Torben beglückwünschten ihn, und die beiden Grafiker hatten bereits während des Gesprächs erste Entwürfe gezeichnet. Es gab nicht die geringste Diskussion über Inhalte, niemand unternahm den Versuch, seine Idee in Frage zu stellen.

»Dann haben wir ja was zu feiern«, sagte er anschließend zu Tatjana und hielt ihr die Karte hin. Wenn ihm jemand etwas über diese Dinge erzählen konnte, dann war sie das.

»Woher hast du die?« fragte Tatjana.

»Erklär ich dir später. Lädst du mich zum Essen ein? In zwei Stunden bin ich da. Ich muß dir was zeigen.«

»So wichtig, Herr Winter?«

»Immens wichtig.«

Auf dem Weg zu Tatjana telefonierte er mit seiner Frau. Er erzählte von dem Termin und sagte, daß alles glatt laufe, daß er bald bei ihnen wäre.

»Ist etwas passiert?« fragte sie.

»Wieso?«

»Du klingst komisch.«

»Die Hitze macht mir zu schaffen.«

»Sonst nichts?«

»Sonst nichts.«

Er hielt an einer Tankstelle und kaufte zwei Flaschen Wein. Tatjana hatte nur Designer-Alkohol im Haus, der farblich gut zu ihrer Einrichtung paßte; Kiwi Wonder, Blue Curaçao und anderes Zeug, das auf ihrer mintgrünen Bar rumstand und das nie jemand anrührte. Sie selbst am wenigsten.

Als sie öffnete, hatte sie tatsächlich eine Küchenschürze um.

»Machen wir einen Videoabend?« fragte sie mit gespielter Verzückung, während sie sich die Hände an der Schürze trocknete; sie nahm ihm die Flaschen aus der Hand, und er legte die Kassette neben den Recorder.

»Hast du was dagegen, wenn wir im Wohnzimmer essen?« fragte er.

»Nein«, sagte Tatjana. »Im Gegenteil. Ich bin froh, daß mich von Zeit zu Zeit jemand daran erinnert, warum ich nicht verheiratet bin. Essen vor dem Fernseher gehört für mich zu den höchsten Spielarten der Romantik.«

»Bist du wegen heute nachmittag so gut gelaunt?«

»Meinst du, ich hätte dir sonst Involtini gemacht?« fragte sie. »Was ist denn drauf? Der letzte Geburtstag deiner Tochter?«

»Wart's ab«, sagte Winter und half ihr, die Teller rüberzutragen.

In Tatjanas Gegenwart kamen ihm die Bilder plötzlich überhaupt nicht mehr albern vor. Er schaute vom Fernseher zu ihr und bemühte sich, in ihrem Gesicht zu lesen. Es hatte jetzt wieder diesen Ausdruck, den er so mochte, diese Mischung aus Konzentration und Selbstvergessenheit; sie kniff ganz leicht die Augen zusammen, und Winter stellte sich vor, wie ihr Gesicht wohl aussah, wenn sie schlief.

Als die Aufzeichnung abriß und rauschender Schnee den Bildschirm füllte, sah er Tatjana an, aber sie sagte nichts und verließ das Zimmer.

»Ich möchte das nochmal sehen«, rief sie aus der Küche. »Es muß irgendwo eine Taste für Zeitlupe geben.«

Winter untersuchte die Fernsteuerung. »Hast du schon eine Idee?«

»Ja«, sagte sie. »Aber um sicherzugehen, muß ich es nochmal sehen.«

Winter beobachtete die Fische in ihrem Aquarium, das grün durch den abgedunkelten Raum leuchtete. Tatjana kam aus der Küche und stellte die gläserne Auflaufform auf den Tisch.

»Hast *du* das aufgenommen?« fragte sie.

»Nein.«

»Wirklich nicht?«

»Nein.«

»Wo hast du's her?«

»Wenn ich dir das sage, glaubst du mir sowieso nicht.«

Sie setzte sich neben ihn und ließ das Band zurücklaufen. »Was ist mit der Karte? Hat die damit zu tun?«

»In gewisser Weise – ja.«

Sie verteilte das Essen auf die Teller. »Du willst wirklich nicht verraten, wie du daran gekommen bist?«

Winter kam sich kindisch vor. »Ich verspreche, daß ich's dir sage, wenn ich mehr darüber weiß.«

Sie schwieg eine Weile. Dann nahm sie einen Schluck Wein.

»Jedenfalls solltest du dich in acht nehmen. Ganz egal, von wem es kommt«, sagte sie.

Winter schnitt ein Stück Fleisch ab und drehte Spaghetti auf die Gabel. Das Video startete von neuem. Diesmal in Zeitlupe. Fragmentarische, gespenstische Bilder.

Als die Stelle kam, an der die Gestalt in der Mitte die Arme hob, drückte Tatjana auf Pause und holte Stift und Papier.

»Mal sehen«, murmelte sie, das Band lief weiter, und sie zeichnete etwas auf den Block, ohne den Fernseher aus den Augen zu lassen.

»Schmeckt wundervoll, wirklich, du solltest das probieren«, sagte Winter, aber Tatjana reagierte nicht.

»Aha«, sagte sie, als sie fertig war, und schaltete auf normale Geschwindigkeit.

Bevor der Gesang einsetzte, stellte sie den Ton sehr laut, aber Winter konnte noch immer nichts verstehen.

»Und?« fragte er, nachdem sie den Fernseher ausgeschaltet hatte, aber sie fing an zu essen und sah erst wieder auf, als Winter schon nicht mehr damit rechnete, daß sie irgend etwas sagte. Tatjana schob ihren Teller beiseite und holte ein Buch aus ihrem Regal.

»Was ist das?« fragte Winter.

»Das *Buch der Gesetze*«, sagte sie und tippte auf den Umschlag. »Aleister Crowley. Schon mal gehört? Das große Tier 666?«

»Nein.«

Sie nahm ihr Weinglas und lehnte sich zurück. In ihrer Stimme schwang eine Bitterkeit, für die Winter keine Erklärung hatte.

»Edward Alexander Crowley ist Ende des 19. Jahrhunderts geboren. Seine Mutter war besessen von der Bibel und hat ihren Sohn wegen seiner Widerspenstigkeit oft *das Biest* genannt – in Anspielung auf die Offenbarung des Johannes. Irgendwann begann er, Frösche zu kreuzigen und Katzen zu Tode zu quälen – bis er selbst davon ausging, das Tier aus der Apokalypse zu sein.«

»Und was hat dieser Verrückte mit unserem Video zu tun?«

»Ob Crowley verrückt war oder nicht, ist bis heute umstritten. Fest steht, daß er einer der größten Magier überhaupt war.«

»Ach komm, Tatjana, was soll dieser Copperfield-Quatsch«, sagte Winter, aber sie sah ihn eindringlich an und sagte, »Copperfield ist ein Zauberer, kein Magier. Ein Magier beherrscht die Elemente.«

Winter zog die Brauen hoch, verkniff sich aber jeden Kommentar.

»1920 zog Crowley mit seinen Jüngern in ein Haus an der sizilianischen Nordküste, das ihm als Tempel diente«, sagte Tatjana. »Seine sexualmagischen Versuche und Rituale waren in ihrer Perversion kaum zu überbieten: Sodomie, Kindesmißbrauch und sogar Menschenopferungen sollen dazugehört haben.«

Winter schenkte Wein nach und ließ ihr Feuerzeug aufspringen. »Woher weißt du das alles?« fragte er.

»Ich habe mich mal damit auseinandersetzen müssen«, sagte sie.

»Mit seiner Biographie?«

»Mit seinen Gesetzen«, antwortete sie zögernd. »Angeblich ist Crowley von einem Geistwesen in die geheimsten Erkenntnisse eingeweiht worden. Diese dunkle Offenbarung findet ihren Niederschlag im *Liber AL vel Legis* – dem Buch der Gesetze. Teilweise in so verschlüsselter Form, daß die Sätze keinen Sinn ergeben. Aber für seine Anhänger ist das *Liber AL* eine Bibel – und natürlich Leitfaden für deren Rituale.«

»Und du glaubst, daß wir uns eins dieser Rituale gerade angesehen haben?«

»Ohne Zweifel. Zumindest hat die Gestalt in der Mitte Crowley eingehend studiert.«

Winter starrte vor sich hin.

»Willst du mir noch immer nicht sagen, woher du das hast?« fragte Tatjana.

»Ist das wichtig?«

»Für mich nicht. Aber ich bin sicher, daß die Person, die diese Aufnahme gemacht hat, in großer Gefahr schwebt. Und du vielleicht auch.«

»Wie kommst du darauf?«

»Das ist kein Dokumentationsvideo«, sagte sie. »Es wurde heimlich aufgenommen. Und sobald irgend jemand von den Leuten auf dem Film davon erfährt ...«

»Herrgott, Tatjana, hör auf mit deinen Schauergeschichten«, unterbrach Winter sie. »Wer sagt dir denn, daß das alles nicht bloß Spinnerei ist? Irgendein seltsamer Maskenball?«

»Das Video selbst sagt es mir. Wer immer das gemacht hat, hatte Angst. Er wußte, was da passiert. Oder passieren würde. Die Körnigkeit läßt darauf schließen, daß die Szene mit dem Zoom ganz nah herangeholt wurde. Und sieh dir an, wie verwackelt die Bilder sind. Trotz allem ist die Gruppe nur von weitem zu erkennen. Schräg von oben. Der Mann hinter der Kamera wollte sichergehen, nicht entdeckt zu werden. Wahrscheinlich hielt er sich im Wald versteckt. Keine Frage: Die Person, die diese Aufnahmen gemacht hat, wußte genau, was ihr droht, wenn sie entdeckt würde.«

Winter nahm das Buch vom Tisch und blätterte darin herum.

»Gott, was für eine Scheiße ...«, murmelte er und zitierte ein paar Zeilen: »*Sein aber ist das geflügelte geheime Feuer, und ihr das gebeugte Sternenlicht ... Brenne auf ihrer Stirne, o schimmernde Schlange, o azurlidrige Frau, beuge dich über sie! Der Schlüssel zu den Ritualen liegt in dem geheimen Wort, welches ich ihm gegeben habe ... Ich bin Nuit, und mein Wort ist sechs und fünfzig. Teile, addiere, multipliziere und verstehe.* – Also, ich verstehe gar nichts.«

»Das wäre auch etwas viel verlangt.«

Tatjana ging wieder zum Regal und zog ein schmales Heft heraus. »Hier. Das ist die sogenannte Crowley-Charta. So etwas wie eine verständliche Zusammenfassung seiner Gesetze.«

Sie lief vor dem Aquarium auf und ab, während sie vorlas. »*Das Gesetz des Starken: das ist unser Gesetz und die Freude der Welt. Tu was du willst, soll sein das ganze Gesetz. Du hast kein Recht, als deinen eigenen Willen zu tun. Tue den, und kein anderer soll nein sagen.*«

Sie spulte die Sätze ab wie eine Maschine, und Winter merkte, wie ihm schlecht wurde.

»*Jeder Mann und jede Frau ist ein Stern. Es gibt keinen Gott außer dem Menschen. Der Mensch hat das Recht, nach seinem eigenen Gesetz zu leben: zu arbeiten, wie er will, zu spielen, wie er will, zu ruhen, wie er will, zu sterben, wann und wie er will.«*

»Hör auf«, sagte er, »bitte«, aber Tatjana hob die Hand, um ihm zu zeigen, daß sie gleich fertig war und sprach weiter, hart und monoton.

»*Der Mensch hat das Recht zu denken, was er will, und zu lieben, wie er will; auch erfüllet euch nach Willen in Liebe, wie ihr wollt, wann, wo und mit wem ihr wollt. Der Mensch hat das Recht, all diejenigen zu töten, die ihm diese Rechte zu nehmen suchen. Die Sklaven sollen dienen. Liebe ist das Gesetz, Liebe unter Willen.*«

Winter inhalierte den kühlen Sprühnebel. Von allen Seiten flogen Schatten auf ihn zu, Bilder, die ihn umkreisten wie Raubvögel, aber er ließ es nicht zu, daß sie ihn erreichten; er fixierte einen kobaltblauen Zierfisch, der hinter der Scheibe klebte und seinen Mund öffnete und wieder schloß.

»Der Kerl ist doch krank«, sagte er.

»Krank sind vor allem die, die das wörtlich nehmen.« Tatjanas Stimme klang jetzt wieder normal. »Im Grunde bedeutet das nur, daß sich jeder Mensch seinen Anlagen entsprechend entfalten soll. Das Problem dabei sind Idioten, die sich zu irgendwelchen Zirkeln zusammenrotten und Crowleys Messen zelebrieren, weil sie endlich mal was Aufregendes erleben wollen.«

Winter runzelte die Stirn. »Satanisten?«

»Teilweise sind das hochintelligente Männer, die darauf hoffen, eine Orgie geboten zu bekommen«, sagte sie. »Oder durchgedrehte Geschäftsleute, die sich für den Herrgott persönlich halten und irgendwelche Gefolgsleute zu Instrumenten ihrer Allmachtsphantasien ausbilden. Alles unter dem Deckmantel der Spiritualität, versteht sich.«

Winter zog sie neben sich auf das Sofa. »Und mit welcher Kategorie haben wir es hier zu tun?«

»Zumindest mit jemandem, der genau weiß, was er tut«, sagte sie. »Das sind keine Mäusefolterer oder solche, die sich nachts auf Friedhöfen treffen und betrinken.«

Tatjana klang erschöpft, und Winter strich ihr das Haar aus der Stirn.

»Woher weißt du das alles«, fragte er wieder, aber Tatjana schüttelte den Kopf.

Er nahm die Karte vom Tisch und betrachtete das Bild.

»Der Mond steht für Täuschung, soviel ich weiß«, sagte sie und ging nochmal zu ihrem Regal.

»Crowley arbeitete jahrelang an der Erstellung eines neuen Tarot-Decks, das seinen Anhängern bis heute als Instrument zur Weltdeutung dient. Hier: Der Mond bedeutet *letzte Prüfungen, Irrwege, Illusionen; Beendigung von Karma; Auseinandersetzung mit dem Unterbewußtsein; Schwelle zu neuer Bewußtseinsebene.*«

»Kann ich mal sehen?« fragte Winter, und Tatjana gab ihm das Buch.

Am Ende einer mehrseitigen Ausführung zu der Mondkarte las er die kursiv gedruckten Sätze: *Du hast den Ruf des Unbekannten vernommen. Du befindest dich an der Schwelle zu neuen Erfahrungen. Achte jetzt auf die Stimme deines Herzens und prüfe in Ruhe die angebotenen Orientierungshilfen. Welche inneren Bereiche sind dir fremd? Wo gibt es blinde Flecken? Vor welchen Erfahrungen fürchtest du dich am meisten?*

Tatjana sah ihn erwartungsvoll an. »Lies die Affirmation«, sagte sie, und Winter zitierte: »*Wo die Nacht am dunkelsten, ist der Tag am nächsten*«.

11

Als Jakob Winter am nächsten Morgen aufwachte, war es bereits kurz vor zehn. Er war durch ein Klingeln an der Wohnungstür geweckt worden, das sich jetzt wiederholte. Winter zog ein Hemd über, stieg in seine Hose und öffnete die Tür.

Auf seiner Fußmatte lag ein Päckchen. Er hob es auf und setzte sich damit in die Küche. Als Absender war die Adresse des Landhauses angegeben. Winter betrachtete den braunen Umschlag eine Weile, dann ging er ins Badezimmer und duschte. Zu den vielen Dingen, die er Tatjana gestern verschwiegen hatte, gehörte auch, daß er den Ort kannte, an dem das Video aufgenommen worden war. Zwar war er nicht absolut sicher, aber vieles sprach dafür, daß das Ritual an dem See zwischen Landhaus und C&S-Gebäude gefilmt worden war, an genau der Stelle, an der er den Kreis entdeckt und später die sonderbare Versammlung beobachtet hatte.

Als er darüber nachdachte, was er da wahrscheinlich gesehen hatte, erschien alles in einem anderen Licht. Jede Geste bekam plötzlich eine neue Bedeutung. Was er als belanglos abgetan hatte, konnte ein entscheidender Hinweis sein.

Nein, es war kein Zufall gewesen, daß das Streichholzpäckchen auf seinem Sitz gelegen hatte. Und seine Auswahl als Empfänger der Videokassette hatte auch nichts Willkürliches.

Irgend jemand hatte ihm im Landhaus ein Hotelzimmer gebucht. Nicht, um ihm eine Freude zu bereiten und auch nicht, um ihn zu verführen. Sondern einzig zu dem Zweck, ihn das Ritual sehen zu lassen. Das war der Grund für Zimmer Nummer 11 gewesen: die Aussicht. Nicht die Ausstattung.

Nachdem Winter sich ein frisches Hemd angezogen und die Kaffeemaschine angestellt hatte, setzte er sich an den Küchentisch und öffnete das Päckchen. Er entnahm ihm einen mit Luftpolsterfolie umwickelten Gegenstand und einen Briefumschlag. *Herrn Jakob Winter* stand im Sichtfenster. Darunter seine Anschrift.

Winter entfaltete den Briefbogen mit dem Logo des Landhauses. *Sehr geehrter Herr Winter,* las er, *zu unserer Entlastung geben wir Ihnen anbei ein Fundstück unseres Room-Services aus Zimmer Nummer 11. Wir gehen davon aus, daß es Bestandteil Ihres Gepäcks ist und verbleiben mit den besten Empfehlungen.* Darunter eine Signatur im Auftrag.

Winter steckte Weißbrot in den Toaster und goß sich Kaffee ein. Er wog das Päckchen in der Hand. Und wußte plötzlich, was er darin finden würde. Er setzte sich. Nahm eine Zigarette, die er nicht anzündete, legte sie zusammen mit dem Feuerzeug hinter die Tasse auf den Tisch und riß die Luftpolsterfolie ab.

Sie sah genauso aus wie die erste. Nur, daß diese Videokassette beschriftet war. Es stand ein Datum darauf: 23.09.1987.

12

Die Aufnahme setzte sofort ein. Kein Rauschen. Kein Schnee. Kein Streifen. Und auch keine brummende Tonspur. Nur das Gesicht eines Mädchens. Schmutzig und von Angst verzerrt. Im umherirrenden Licht der eingebauten Lampe rannte sie durch den Wald. Nackt, das sah er jetzt. Sie war vollkommen nackt.

Der Mann mit der Kamera lief hinter ihr her, man hörte deutlich seinen Atem, der stoßweise ging und sich in das Wimmern des Mädchens mischte. Die Bilder waren unruhig, aber Winter erkannte, daß das Mädchen höchstens sechzehn Jahre alt war. Immer wieder wandte sie sich zur Kamera um. Manchmal stolperte sie oder glitt aus. Fiel über einen Ast. Dann bewegte sie sich im Aufstehen auf allen vieren vorwärts, weiter in der Dunkelheit, durch die der zitternde Lichtkreis flog und an ihrer Nacktheit leckte wie ein Tier.

Plötzlich wurde der Mann langsamer. Winter hörte seinen Atem, der immer mehr zu einer Art Pfeifen wurde. Das Mädchen gewann einen Vorsprung. Der Kameramann blieb stehen. Er schien am Ende seiner Kraft zu sein. Das Mädchen entfernte sich.

Ein anderer Mann kam von hinten ins Bild. Auch er war nackt. Er überholte den Mann mit der Kamera, wandte sich um und machte dem Kameramann ein Zeichen, daß er mitkommen solle: weiterlaufen. Winter sah kurz dessen Gesicht und hielt das Band an. Schnellrücklauf. Dann Pause. Kein Zweifel: Er kannte diesen Mann. Vor zwei Tagen hatte er ihn zum ersten Mal gesehen. Es war Johannes.

Eilig durchsuchte Winter sein Jackett. Er fand die Visitenkarte in der linken Innentasche. Noch während er sie las, ging er zum Telefon. *Johannes P. Klaasen*, stand auf der Karte. Von einer Unternehmensberatung *Klaasen & Groth*. Darunter zwei Telefonnummern. Er probierte den Mobilanschluß und hatte Erfolg.

»Klaasen«, meldete sich eine Stimme, die sehr aufgeräumt klang.

»Hier ist Jakob Winter. Wir haben uns vor zwei Tagen in einem Hotel getroffen.«

Stille.

»Erinnern Sie sich? Sie haben behauptet, mich zu kennen.«

»Hören Sie«, sagte Klaasen nach langem Schweigen. »Hören Sie, ich habe mich geirrt. Ich kenne Sie nicht. Es tut mir leid. Das war eine Verwechslung.«

»Nein«, sagte Winter. »Das war es nicht, und ich muß dringend mit Ihnen sprechen.«

»Ich sage Ihnen doch, ich habe mich geirrt. Wir kennen uns nicht. Ich kann nichts für Sie tun.«

»Ich habe hier ein Videoband, das Sie interessieren könnte«, sagte Winter ruhig. »Die Aufnahme ist schon ein bißchen alt, aber man erkennt Sie ganz gut.«

»Was reden Sie da?« Klaasen klang verunsichert.

»Ich habe hier ein Videoband, auf dem zu sehen ist, wie Sie nackt durch einen Wald laufen und ein minderjähriges Mädchen verfolgen«, sagte Winter. »Ich habe es mir noch nicht zu Ende angesehen, aber es würde mich überraschen, wenn sich am Schluß herausstellen würde, daß alles nur Spaß war.«

»Herr Winter«, Klaasen war hörbar um Fassung bemüht. »Ich weiß nicht, wer Sie sind und was Sie von mir wollen, aber ich muß Sie bitten, diese makabren ...«

»Sehen Sie«, unterbrach Winter ihn, »es ist mir völlig egal, womit Sie Ihre Freizeit verbringen. Ich möchte einfach nur wissen, was hier gespielt wird – und was ich mit all dem zu tun habe.«

Klaasen atmete aus. »Woher haben Sie das Band?«

»Weiß ich nicht.«

»Und das soll ich Ihnen glauben?«

»Haben Sie eine Wahl?«

Klaasen zögerte. »Weiß sonst noch jemand davon?«

»Nein.«

»Gut. Sorgen Sie dafür, daß das so bleibt. Wir treffen uns um halb eins in meinem Büro. Und bitte: Kein Wort zu irgendwem. Auch in Ihrem Interesse.«

Als Winter auflegte, war ihm, als hätte sich ein unsichtbares Netz um ihn zugezogen. Er ging zurück in die Küche. Sein Kaffee war kalt geworden. Er schüttete ihn in die Spüle und goß sich neuen ein. Auf dem Weg zum Tisch strich er an dem Riß in der Wand entlang. Putz rieselte über seine Finger, und bevor er sich wieder setzte, drückte er den Toast noch einmal runter.

13

Winter fuhr mit dem Fahrstuhl in den fünften Stock und meldete sich hinter einer Glastür, auf die mit weißen Buchstaben der Name der Unternehmensberatung geklebt war, bei einer Dame, die einen Kaffeebecher in der Hand hielt, auf dem *Corinna* stand.

»Herr Klaasen erwartet Sie bereits«, lächelte sie, Winter lächelte zurück und öffnete ohne anzuklopfen die ihm gewiesene Tür.

Klaasen stand am Fenster und schaute hinaus.

»Setzen Sie sich«, sagte er. »Haben Sie die Kassette dabei?«

Winter lachte. »Was glauben Sie?«

Klaasen wandte sich um und sah ihn an. Dann setzte er sich ihm gegenüber an den Schreibtisch.

»Sie wissen wirklich nichts mehr?« fragte Klaasen. Er trug einen blauen Zweireiher, dazu eine gelbe Krawatte mit weißen Punkten.

»Sonst wäre ich nicht hier«, sagte Winter.

»Also gut.« Klaasen faltete die Hände über dem Tisch. »Was ich Ihnen jetzt erzähle, bleibt unter uns.«

Winter nickte.

Klaasen öffnete eine Schublade und zog etwas hervor.

»Erinnern Sie sich daran?« Er hielt einen schmalen Prospekt in der Hand, der abgegriffen aussah.

Winter kniff die Augen zusammen und nahm das Faltblatt entgegen. *Erkenne deine Ziele* stand auf der Titelseite.

»Und?« fragte Klaasen.

Winter warf den Prospekt auf den Schreibtisch. »Sie waren dabei, oder?«

Klaasen grinste. »Na bitte. Langsam nähern wir uns.«

»Sie müssen mir helfen. Wirklich, ich habe nicht die geringste Ahnung, was damals passiert ist.« Winter deutete auf den Prospekt. »Nach diesem Abendessen am vierten Tag ...«

»... ist alles schwarz.« Klaasen stand auf und ging wieder zum Fenster. Er sah nach draußen. »Das ist nicht fair«, sagte er nach einer Weile und schüttelte den Kopf.

Winters Hand schloß sich um den Inhalator in seiner Jackentasche. »Erzählen Sie mir, was an diesem Abend passiert ist.«

»Das kann ich nicht.« Klaasen drehte sich zu ihm um. »Das geht nicht, auf keinen Fall.«

»Aber Sie haben doch ...« Winter versuchte seine Stimme unter Kontrolle zu halten.

»Ich weiß. Ich hab's mir anders überlegt.«

»Dann bin ich gespannt auf die Fortsetzung des Videobandes«, sagte Winter. »Und vor allem darauf, was die Polizei dazu sagen wird.«

»Scheiße, Winter«, sagte Klaasen. »Machen Sie sich nicht unglücklich. Es ist schon genug passiert. Sie wissen nichts mehr. Gut. Ich sage Ihnen was: Sie haben verdammtes Glück gehabt. Aber wir anderen, wir wissen alles. Und wir müssen irgendwie damit fertig werden. Tun Sie mir also den Gefallen und stellen Sie keine Fragen mehr. Lassen Sie die Geschichte ruhen und vernichten Sie dieses Videoband. Es ist besser für uns alle. Glauben Sie mir.«

»Klaasen?«

»Ja.«

»Als Sie vorgestern zu mir sagten, ich sei jetzt auch dabei – was meinten Sie damit?«

»Ich ... ich weiß es nicht. Ich meinte das Hotel. Ich meinte, daß Sie jetzt auch unter den Hotelgästen sind.«

Winters Hand begann zu zittern. »Sie sagten, wir sähen uns sicher später.«

»Herrgott ...« Klaasen fuhr sich durch die Haare. »Ich meinte, an der Bar. Ich dachte, wir würden uns später an der Bar sehen.«

»Und Sie dachten, da hätten wir keine Zeit zum Reden?«

»Gehen Sie jetzt«, sagte Klaasen. »Ich habe zu

tun. Vergessen Sie die Geschichte.« Er drückte die Sprechanlage. »Corinna – begleiten Sie Herrn Winter bitte zur Tür.«

»Moment.« Winter beugte sich über die Tischplatte. »Das können Sie nicht machen. Ich will wissen, was bei diesem Seminar passiert ist.«

Corinna öffnete die Tür.

»Wer hat diese Aufnahmen gemacht?« Winter richtete sich auf. »Und wer schickt mir diese Bänder?«

Klaasen setzte sich. »Auf Wiedersehen, Herr Winter«, sagte er. Dann nahm er einen Füllfederhalter und schraubte ihn langsam auf.

»Sind Sie in Ordnung?« fragte Corinna, als sie die Tür hinter ihnen geschlossen hatte.

Winter lehnte sich gegen die Wand und atmete zwei Stöße Berotec ein. »Ja«, sagte er, als er wieder Luft bekam. »Ich habe eine Allergie gegen bestimmte Pollen.«

»Das müssen die Lilien in Herrn Klaasens Büro gewesen sein«, sagte sie besorgt. »Ich konnte ja nicht wissen ...«

»Beerdigungsblumen?« fragte Winter.

»Lilien sind meine Lieblingsblumen«, sagte Corinna und lächelte. »Die Büros hier stehen voll davon. Meine Schuld.«

Nachdem er eine Weile durch die Stadt gelaufen war, ging er in einen Jeansshop und kaufte sich Turnschuhe und zwei T-Shirts. Eins davon, ein dunkelgrünes, behielt er an, bevor er bezahlte. Ebenso die Turnschuhe. Das zweite T-Shirt stopfte er zusammen mit seinem Hemd, dem Blazer, seinen Schuhen und den durchgeschwitzten Socken in die große Plastiktüte, die er an der Kasse bekommen hatte. Dann ging er in den Park in der Nähe und steuerte auf einen See zu, der umsäumt war von einzelnen Bäumen. Er hoffte, daß es ihm an diesem Ort nicht so schwer fallen würde. Er dachte, wenn er sich der Mittagssonne aussetzte, umgeben von Leuten, die Eis aßen, Bier tranken und halbnackt neben ihm lagen, könnte er die Sperre in seinem Kopf überwinden, die Grenze überschreiten, hinter der etwas lag, dem er sich jetzt endlich stellen mußte.

Bevor er sich in den Schatten eines Baumes legte, kaufte er bei dem Pakistani, der mit einem klingelnden Wagen den See umrundete, zwei kleine Flaschen Wasser und ein Eis. Es waren kaum Leute seines Alters am See, und von den wenigen, die er sah, erweckte niemand den Eindruck, noch im Berufsleben zu stehen.

Als Winter sich unter dem Baum ausgestreckt hatte, klingelte sein Handy in der Plastiktüte, auf die er seinen Kopf gelegt hatte. Er ließ es klingeln. Wahrscheinlich seine Frau. Oder Tatjana.

Er leckte sein Eis und starrte in die Baumkrone. Er war vollkommen entspannt. Die Mittagshitze machte ihn schläfrig, und er wurde getragen von den Stimmen um ihn herum, den Körpern, dem Gras und dem Hundegebell. Die Blätter des Baumes zeichneten Schatten auf sein Gesicht, und Winter schloß die Augen.

14

Er saß in einem Jeep. Zusammen mit drei anderen, die er nicht kannte, war er vom Flughafen abgeholt worden. Es war ihnen befohlen worden, zu schweigen und keine Fragen zu stellen. Der Fahrer wüßte ohnehin über nichts Bescheid. Dann waren ihnen die Augen verbunden worden. Das sei nötig. Sie würden später erfahren, warum.

Zuerst hatte er mit den anderen Scherze darüber gemacht, daß sie sich sozusagen freiwillig entführen ließen und ihre Familien oder Unternehmen in zwei Tagen mit enormen Lösegeldforderungen konfrontiert würden, aber je länger die Fahrt dauerte, desto schweigsamer wurden sie.

Nach einer Zeit, die Winter endlos vorkam, und einer Autofahrt, die ihn an die schlimmsten Touren durchs Gebirge erinnerte, hielt der Wagen, und man nahm ihnen die Augenbinden ab. Es war stockfinster. Sie wurden zu einer Holzhütte gelotst und sollten schnell eintreten. Sobald die Tür hinter ihnen verriegelt war, hörten sie, wie sich der Jeep entfernte.

Der Raum war ausschließlich von Kerzen beleuchtet und ungeheizt. Es saßen noch sechs weitere Männer darin. Nicht an einem Tisch, wie Winter es von einem Seminar erwartet hatte, sondern auf dem Boden, auf zusammengelegten Wolldecken.

»Kommt herein«, begrüßte sie ein Mann, der sich als Sebastian und Leiter des Seminars vorstellte: »Wir sind jetzt komplett.«

Winter ließ sich auf einer der vier freien Wolldecken nieder und lehnte sich gegen die Holzwand. Was folgte, war kaum anders als das, was er von anderen Seminaren kannte: eine Vorstellungsrunde. Bloß daß bei dieser Vorstellung jeder nur seinen Vornamen preisgeben durfte und Winter sich vorkam wie in einer Waldorfschule. Seine Frau hatte dort mal unterrichtet, und bei einem Besuch hatte er eines dieser unsäglichen Rituale miterlebt, bei denen sich die Anwesenden ein Wollknäuel zuwarfen und einen lächerlichen Spruch aufsagen mußten: »Ich bin ich, und du bist du. Ich bin Peter, und wer bist du?« Dann wurde das Knäuel in beliebiger Reihenfolge zum Nächsten geworfen. Man mußte den Wollfaden vor dem Wurf festhalten, so daß ein Kommunikationsnetz aus Wolle entstand und am Ende alle durch diesen Faden miteinander verbunden waren.

»Ich heiße Jakob, und meine Hobbys sind Lesen, Basteln und Briefmarken sammeln«, hatte er eingedenk dieser Erfahrung zum Besten gegeben, doch dem Seminarleiter war nicht nach Scherzen zumute.

»Für wen arbeitest du, Jakob?« fragte er nachsichtig.

»Drehen wir einen Gangsterfilm?« Winter imitierte die Stimme eines Mafiabosses: »Für wen arbeiten Sie?«

Als niemand lachte, wurde ihm unwohl. Er räusperte sich.

»Also gut. Ich heiße Jakob und arbeite als Texter und Konzeptioner für eine Werbeagentur.«

»Na bitte«, sagte Sebastian. »Und macht dir deine Arbeit Spaß, Jakob?«

»Ja«, sagte Winter. Er hatte große Lust, den Raum zu verlassen.

»Hast du Familie?« fragte Sebastian.

»Ja. Eine Frau und zwei Kinder. Drei Jahre und ein Jahr alt.«

»Sehr schön. Liebst du deine Familie?«

»Natürlich.«

»Mehr als deinen Beruf?«

»Hören Sie«, sagte Winter, »ich verstehe Ihre Fragen nicht.«

»*Du*, Jakob«, sagte Sebastian sanft. »Hier gibt es kein *Sie*. Und es gibt auch keine Nachnamen, keine Visitenkarten und keine Gehaltsspiegel. Es gibt hier nur einen Kreis von Leuten, die etwas Entscheidendes lernen wollen. Wir wollen lernen, Jakob, unsere Wünsche und Ziele im Leben zu erkennen. Und wir wollen lernen, so zu handeln, daß wir sie erreichen.«

Er machte eine kurze Pause. Als er weitersprach, war seine Stimme plötzlich hart.

»Dazu ist es aber notwendig, daß wir ehrlich zueinander sind«, sagte er. »Wenn dich also deine Frau manchmal ankotzt, wenn deine Kinder dich nerven oder du Lust hast, deinen Chef zu schlagen, möchte ich das von dir wissen. Okay? Anders geht es nicht. Wir sind elf Männer hier im Raum. Elf Männer, die ihren Weg gehen wollen. Wir müssen uns nichts vormachen. Ich will, daß wir uns möglichst bald gut verstehen. Ich will dein Freund sein, Jakob. Wir werden viel zusammen erleben in den nächsten Tagen. Jede Form der Eitelkeit ist hier fehl am Platz.«

Sebastian wandte sich lächelnd in die Runde. »Natürlich weiß ich, daß vor mir zehn starke Persönlichkeiten sitzen. Ganz besondere Männer in führenden Positionen«, sagte er. Und dann, wieder an Winter gerichtet: »Aber wenn du nicht dazu bereit bist, dein Ego für ein paar Tage auszuschalten, machst du es dir selbst schwer. Wir werden Staub schlucken. Aber nur, um daraus um so strahlender hervorzugehen. Glaub mir, Jakob, wenn du hier rauskommst, bist du ein ganz neuer Mensch. Ein glücklicher Mensch. Weil du endlich weißt, wozu du da bist. Was deine Aufgabe ist. Und du wirst erstmals in der Lage sein, diese Aufgabe hingebungsvoll und mit all deiner Kraft zu erfüllen. Du wirst nur noch das tun, was du willst – und nichts wird dich daran hindern. Also, Jakob: Was ist dir das Wichtigste im Leben?«

Winter sagte nichts. Es brachte ihn auf, daß der Seminarleiter mit ihm redete wie der drittklassige Moderator einer Sonderverkaufsveranstaltung. Trotzdem überlegte er sich ernsthaft eine Antwort auf diese Frage.

»Dachte ich's mir«, sagte Sebastian nach einer Weile. »Aber glaub mir, du bist nicht der einzige, der keine Antwort auf diese einfache Frage weiß. Die meisten Menschen wissen nicht, was ihnen das Wichtigste ist und flüchten sich in Allgemeinplätze. Geld. Glück. Gesundheit.« Er machte eine wegwerfende Geste. »Wo bleibt der Weltfrieden? – Freunde, wenn das eure Ziele sind, sehe ich schwarz für euch.«

Sebastian legte eine bedeutungsvolle Pause ein und sah von einem zum anderen.

»Viele von euch denken bestimmt, sie wollen – zum Beispiel – eine glückliche Familie. Wer will das nicht. Aber ich frage euch: Warum seid ihr dann nicht bei ihr? Warum seid ihr sowieso fast nie bei ihr? Warum laßt ihr euch fünf Tage lang in ein Haus einschließen, in dem es kein Telefon, kein Faxgerät, keinen Computer, keinen Fernseher und nicht mal ordentliches Essen gibt, wenn euch eure Familie so viel bedeutet? Warum zahlt ihr Unsummen für ein Seminar, das euch von der Erfüllung eures größten Wunsches abhält?«

Er blickte noch einmal in die Runde.

»Ich sage euch, warum. Weil ihr unersättlich seid. Weil ihr mehr wollt. Weil ihr den Hals nicht vollkriegen könnt von Ruhm, Reichtum und Anerkennung. Weil ihr die Größten werden wollt. Weil ihr der Welt zeigen wollt, wer ihr seid.«

Er nickte zufrieden.

»Ja, Männer. In jedem von euch wohnt der Keim zu etwas Außerordentlichem. Und ich werde euch helfen, aus diesem Keim eine prachtvolle, kräftige Pflanze zu entwickeln. Ein Gewächs, das stark genug ist, allem zu trotzen, was es unterdrücken oder bekämpfen könnte. Eine Pflanze, die euch erfüllt mit Energie. Der Energie, nur nach euren eigenen Gesetzen zu leben.«

Winter versuchte die Gesichter der anderen Seminarteilnehmer zu deuten. Sie waren alle zwischen fünfundzwanzig und fünfunddreißig Jahre alt, Winter lag gut im Schnitt. Es waren Gesichter, die man erst gar nicht wahrnahm, und wenn doch, dann vergaß man sie sofort wieder. Bis auf wenige Ausnahmen schienen sie begeistert von Sebastians Rede, ihre Augen glühten, und einige nickten noch immer stumm vor sich hin.

Der Seminarleiter klatschte in die Hände.

»So«, sagte er. »Jetzt ist es an der Zeit fürs Abendessen. Aber macht euch darauf gefaßt, daß der Speiseplan ab morgen radikal anders aussehen wird. Und: kein Alkohol, keine Zigaretten, kein Fleisch.«

Er sah in die Runde und lächelte.

»Es wird zwar ein bißchen mehr geben als Wasser und Brot, aber im Grunde ist es exakt das, worauf wir uns in den nächsten Tagen einstellen sollten.«

Sebastian zwinkerte ihnen vertraulich zu.

»Ich weiß, das trifft einige von euch besonders hart, die meisten sogar unvorbereitet, aber ich verspreche, daß ihr spätestens übermorgen nichts mehr von dem, worauf ihr verzichten müßt, vermissen werdet.«

Er machte eine verheißungsvolle Pause, ohne jedoch zu erklären, wie er dieses Wunder vollbringen wollte. Statt dessen deutete er auf die Tür. »Falls trotzdem jemand glaubt, das nicht durchhalten zu können: Noch ist Zeit zu gehen.«

Winter sah in die Gesichter der Anwesenden. Sie waren vollkommen ausdruckslos.

»Niemand?« fragte Sebastian. »Gut. Dann bitte ich aufzutragen.«

Er klopfte an die Tür zum Nebenraum, aus dem sofort ein halbes Dutzend Kellner gelaufen kam, um ruhig und koordiniert ein Buffet aufzubauen.

Im nachhinein erkannte Winter die psychologische Intention dahinter: Perfekt choreographierte Momente der Euphorie wechselten sich ab mit Augenblicken absoluter Verzweiflung und Demütigung. Ziel war es, die Teilnehmer immer mehr gefügig zu machen.

So folgte schon am Morgen darauf die Ernüchterung: Nach einer sehr kurzen Nacht auf dem Fußboden eines Schlafraums, der ihn an ein provisorisches

Feldlazarett erinnerte – außer zehn achtlos hingeworfenen Baumwollmatten gab es nichts darin –, wurden sie um fünf Uhr früh von einer Trillerpfeife geweckt und mußten ohne Frühstück eine halbe Stunde durch den Wald laufen. So gesehen war das Fest am Vorabend keine Belohnung, sondern ein Trojanisches Pferd, in dem Kopfschmerzen, Übermüdung und seelische Instabilität darauf warteten, ihren Beitrag zum Seminarplan zu leisten. Natürlich gab es weder Aspirin noch sonstwelche Medikamente in der Hütte, und nach dem Waldlauf wurde auch kein Kaffee gereicht, sondern Wasser, Brot und getrocknete Früchte – gefolgt von der ersten Unterrichtseinheit des Tages.

Der Reihe nach mußten sich alle in die Mitte des Raumes stellen und intime Fragen beantworten. »Hosen runterlassen« nannte Sebastian das: »Erst wenn wir uns nackt gegenüberstehen, sehen wir den anderen und uns selbst wirklich so, wie wir sind«, erklärte er.

Hans-Paul mußte berichten, wie oft in der Woche er Sex habe.

»Ein- bis zweimal«, sagte Hans-Paul unsicher. Und setzte hinzu: »Mit meiner Frau.«

»Und?« fragte Sebastian daraufhin. »Reicht dir das, oder hast du noch eine Geliebte, die du uns verschweigst?«

Allgemeines Gelächter.

»Nein«, sagte Hans-Paul leise.

»Gut«, sagte Sebastian. Und dann, nach einer Pause, sehr viel lauter: »Wenn du mich fragst, Hans-

Paul, willst du nichts weiter sein als der größte Ficker des Universums. Hab ich recht?«

Verschämtes Gekicher. Wie in einer Schulklasse, dachte Winter.

»Nein«, stotterte Hans-Paul. »Nein, ich bin eigentlich ganz glücklich so.«

»Sei mir nicht böse, mein Freund«, sagte Sebastian und betrachtete ihn mitleidig, »aber ich glaube dir nicht.« Dazu legte er seine Hand fest um Hans-Pauls Schulter; eine Geste, die Winter als eine Art Hinrichtung empfand.

Dann wandte er sich den anderen zu: »Gibt es hier vielleicht irgend jemanden, der Hans-Paul das glaubt?!«

Niemand antwortete. Auch Winter nicht.

»Siehst du, Hans-Paul? Keinem von deinen Freunden kannst du diesen Quatsch weismachen. Wie willst du dir dann selbst glauben?«

Am Morgen des vierten Tages hatte Sebastian sie so weit, daß man ihnen ihre Namen buchstabieren mußte. Bei den sogenannten »Sympathiespielen« am Vorabend waren einige, durch den Nahrungs- und Genußmittelentzug ohnehin geschwächt, heulend zusammengebrochen. Es war ein Abend, an den sich Winter noch sehr genau erinnerte. Nacheinander hatten wieder alle in den Kreis gemußt. Jeder wurde gezwungen, demjenigen in der Mitte des Kreises zu sagen, was er von ihm hielt: drei positive Sätze und drei negative. Danach mußte sich der Beurteilte mit dem Gesicht zur Wand stellen. Die übrigen waren angehalten, sich je nach Sympathie oder Antipathie in entsprechender Entfernung hinter den Mann zu stellen, der nun raten mußte, wer ihm am nächsten und wer am weitesten von ihm entfernt stand. Dazu mußte eine Begründung abgegeben werden, die notfalls von Sebastian eingefordert wurde.

Als Winter an der Wand stand und in seinem Rücken eine Formation von Männern spürte, die sozusagen seine Beliebtheitsskala bildete, fühlte er sich unsicher, nicht akzeptiert, und ihm war plötzlich überhaupt nicht mehr egal, was die anderen von ihm dachten.

»Und, Jakob«, flüsterte Sebastian ihm am Ende von Winters Einschätzung ins Ohr, »was glaubst du, wo ich mich jetzt hinstelle?«

Winter zitterte. Tränen liefen ihm übers Gesicht. Er hoffte, daß niemand etwas davon mitbekommen würde.

»Ich weiß nicht«, sagte er und bemühte sich, seine Stimme unter Kontrolle zu halten. »Vielleicht ganz hinten, an die Tür?«

»Und warum, Jakob, glaubst du, daß ich mich ganz hinten an die Tür stellen werde?«

Winter fragte sich, warum er ausgerechnet an seiner Wertung teilnahm und sich bei allen anderen zurückgehalten hatte.

»Ich weiß nicht«, brachte er hervor. »Vielleicht, weil ich ... am Anfang die Spielregeln nicht ... befolgt habe.«

»Du zählst jetzt bis zehn, Jakob«, sagte Sebastian. »Dann drehst du dich um.«

Winter zählte sehr langsam. Er versuchte, dabei ruhig zu atmen und sich unempfindlich zu machen gegen das, was er sehen würde.

Drei.

Vier.

Es war absolut still in dem Raum. Sie alle waren barfuß, damit man die Schritte nicht hörte, die sich entfernten, aber er hörte auch sonst nichts.

Sieben.

Kein Atmen.

Acht.

Kein Rascheln. Winter hatte das Gefühl, vollkommen allein zu sein.

Zehn.

Er drehte sich um. Sebastian stand direkt vor ihm. So nah, daß Winter ihn riechen konnte.

»Und«, fragte Sebastian sanft, »was lernst du daraus, Jakob?«

Er bewegte sich keinen Millimeter. Winter konnte weder vor noch zurück. Er war eingeklemmt zwischen der Wand und dem Seminarleiter.

»Mißtraue deinen Gefühlen«, sagte Sebastian, ohne eine Antwort abzuwarten. »Verwerfe alles, was du als sicher erachtest. Zerschlage deine Denkstrukturen, um bereit zu sein für das Unerwartete. Und vor allem: Habe keine Angst vor den Umständen. Denn du bist alles, was zählt. Du allein.«

Winter wurde schwarz vor Augen. Er spürte, wie

seine Beine versagten. Am kommenden Abend, hatte Sebastian ihnen versprochen, würde es ein Festessen geben. Um das zu feiern, was sie bis dahin erkannt hätten: sich selbst. Es würde eine rauschende Abschiedsparty werden, die gleichsam einen Neubeginn markiere, und Winter hatte nichts gegen eine Abschiedsparty einzuwenden. Im Gegenteil: Er wünschte sich nichts sehnlicher als das Ende dieses Alptraums.

Verzweifelt kämpfte er gegen die Ohnmacht an. Schluckte ein paarmal trocken. Pumpte seine Lungen voll Luft, nur um sich die letzte Demütigung zu ersparen, um Sebastian nicht willenlos in die Arme zu sinken.

»Wer von uns ist der Stärkere, Jakob?« flüsterte Sebastian ihm ins Ohr. Dann drehte er sich um und ging.

15

Winter schreckte auf. Sein Handy klingelte schon wieder in der Tüte unter seinem Kopf. Er wartete, bis die Mailbox angesprungen war. Dann öffnete er eine Flasche Wasser, nahm einen Schluck und spürte, wie die Flüssigkeit durch seine Kehle rann, tief in seinen Bauch, von wo sich ein angenehm kühles Gefühl im Körper ausbreitete. Er starrte auf die tanzenden Blätter über ihm und merkte, wie seine Haut von der Sonne zu prickeln begann. Er versuchte diese Nacht so gut es ging zu rekonstruieren. Den großen Tisch vor sich zu sehen, der plötzlich in dem Raum gestanden hatte, nachdem sie von ihrem abendlichen Waldlauf zurückgekehrt waren.

Sie sahen mittlerweile aus wie Wilde, aber das störte niemanden mehr. Seit vier Tagen hatten sie sich nicht rasiert, es gab keinen Kamm, keine Seife, nur kaltes Wasser zum Waschen. Sie waren hagerer geworden und stanken. Aber körperlich waren sie fit. Winter hatte es geschafft, eine volle Stunde durch den Wald zu laufen, ohne Anzeichen von Erschöpfung zu bemerken. Er vermißte seine Frau und seine Kinder; es war unerträglich, sie nicht anrufen zu können. Sebastian hatte zwar versichert, daß das Organisationsbüro Anrufer von der speziellen Seminarsituation unterrichten würde, aber um die Nummer des Organisationsbüros herauszubekommen, mußte seine Frau schon in der Agentur anrufen, in der Winter damals gearbeitet hatte. Sonst würde sie annehmen, daß er sie einfach vergessen hatte, und diese Vorstellung behagte ihm nicht.

Als sich alle um den langen, noch leeren Holztisch versammelt hatten, hielt Sebastian eine Ansprache, der am Mittag zehn Einzelunterredungen vorausgegangen waren, über die, so befahl Sebastian, wie über alles andere, was in den vergangenen Tagen passiert war, absolutes Stillschweigen zu bewahren war. Anderenfalls würde der Erfolg dieses und aller künftigen Seminare in Frage gestellt.

Auf Winter hatte das Einzelgespräch einen sonderbaren Effekt gehabt. Einerseits durchschaute er Sebastians Methoden als massiven Manipulationsversuch, dessen Ziel es war, möglichst alles in Frage zu stellen, was die Teilnehmer an Werten, Moralvorstellungen und Weltbildern mitbrachten. Jeder Art von Struktur setzte er rückhaltlosen Anarchismus entgegen, der mit einer konsequenten Entfaltung des eigenen Egos einherging. Und Sebastians

Vorstellung des Ego war durchaus bemerkenswert. Sie stammte aus einer Zeit, in der der Mensch noch nicht Mensch, sondern Tier war: Tu, was du willst. Nimm dir, was du kriegen kannst. Zaudere nicht. Vernichte alles, was dir bei der Erfüllung deiner Wünsche im Weg stehen könnte. Kenne keinen Zweifel. Andererseits hatten seine Reden eine Kraft, der sich auch Winter schwer entziehen konnte.

Während des Abendessens, erklärte Sebastian, würden sie nun endlich den Lohn für all die Entbehrungen und Strapazen der letzten Tage erhalten; noch vor dem Morgengrauen würden sie das Geheimnis seiner Lehre geschaut haben, nicht in Form einer herkömmlichen Weisheit, die man aufschreiben und immer wieder lesen könne; sie würden vielmehr am eigenen Leib die Konsequenz daraus erfahren, und dieses Erlebnis, versprach Sebastian, würde Dämme in ihnen niederreißen und sie derart befreien, daß die Auswirkungen Einfluß auf ihr gesamtes künftiges Leben nehmen würden. Es sei wie eine Tür, die zum ersten Mal in ihnen aufgestoßen werde, eine Tür, von der sie vielleicht nicht einmal ahnten, daß sie existiere, doch einmal geöffnet, sei sie die Pforte zu unermeßlichem Glück. Dem Glück, sich selbst erkannt zu haben.

»Ihr habt in den letzten Tagen alles aufgegeben, was euer gesellschaftliches Leben bisher bestimmt hat«, sagte Sebastian abschließend. »Eure Funktion. Euer Ego. Euren Stolz. Eure Intimsphäre. Ihr habt eure Ängste überwunden, indem ihr euch ihnen gestellt habt. Ihr habt alles verloren. Ich gebe euch jetzt die Gelegenheit, euch selbst zurückzugewinnen. Zum ersten Mal in eurem Leben.«

Dann klopfte er an die Tür zum Nebenraum, wie am ersten Abend, und wieder traten die Kellner ein. Diesmal jedoch bauten sie kein Büffet auf, sondern setzten kleine Teller vor ihnen ab, auf denen nichts weiter lag als ein paar getrocknete Pflanzen.

Das sei nur die Vorspeise, beruhigte sie Sebastian. Aber es sei wichtig, daß alles sorgsam gekaut und möglichst lange im Mund behalten werde. Erst wenn man es gar nicht mehr aushalte, solle man die Vitaminbrause trinken, die ihnen gleich gereicht werde. Das vertreibe auch den bitteren Geschmack.

Winter war alles egal. Die Aussicht auf ein Festessen, auf Wein, Zigaretten und das nahe Ende des Seminars würde ihn selbst den Genuß von verschrumpelten Pflanzenstücken ertragen lassen. Und als man ihm ein großes Wasserglas mit einer tieforangefarbenen Flüssigkeit neben den Teller gestellt hatte, die wirklich nach aufgelösten Vitamintabletten roch, stopfte er alles, was auf dem Teller lag, auf einmal in den Mund, um diese letzte Hürde schnell zu überwinden. Die anderen taten es ihm gleich.

Winter wußte noch, daß alle angewidert das Gesicht verzogen hatten, und daß er froh war, als er die breiige Masse nach endlosen Sekunden mit der Vitaminbrause herunterspülen konnte. Er trank das Glas in einem Zug aus.

Als sie vor leeren Tellern und leeren Gläsern saßen, wurde es still im Raum. Niemand wagte zu fragen, was als nächstes passieren würde und wo der von Sebastian angekündigte Hauptgang blieb. Der Seminarleiter verharrte mit gesenktem Kopf und noch immer kauend auf seinem Stuhl, und Winter fragte sich, was Sebastian aus dem sonst immer verschlossenen Nebenraum noch alles hervorzaubern würde. Hinter den Kulissen dieses Seminars schien, nahezu unsichtbar, mindestens ein halbes Dutzend Leute beschäftigt zu sein, die fast nie in Erscheinung traten. Wo all die Kellner wohl schliefen? Wo Sebastian schlief? Und was seine Angestellten tagsüber taten? Oder hatte Sebastian einen Gastronomie-Service engagiert, der entsprechend lieferte? Das hielt Winter für ausgeschlossen. Kein Gastronomie-Service der Welt brachte vertrocknete Pflanzenstücke, die nach einer Mischung aus nassen Socken und verschimmelten Topflappen schmeckten. Und etwas Originelleres als Vitamintabletten ließen sie sich zur Feier des Tages vermutlich auch einfallen.

Endlich schluckte Sebastian den Brei herunter. Dann stand er auf, ging in den Nebenraum und kehrte nach kurzer Zeit zurück. Doch statt des Hauptgerichts bekamen sie Musik: monotones Trommeln, das aus vier kleinen Lautsprecherboxen kam, die in den Ecken des Zimmers an der Decke angebracht waren und die Winter erst jetzt bemerkte.

Sebastian stellte sich an das Kopfende des Tisches und breitete die Arme aus wie ein Priester. Das Trommeln steigerte sich mehr und mehr, wurde schneller, intensiver, vielschichtiger. Bongos kamen hinzu, Rasseln, Schellen; ein pulsierender Teppich aus Rhythmus entstand, und nach einer Weile begann Hans-Paul, den Takt auf dem Tisch mitzuklopfen. Erst mit einer Hand, dann mit beiden. Winter wurde schwindelig. Er schloß für einen Moment die Augen, und als er sie wieder öffnete, hämmerten im Stakkato Zeigefinger gegen die Tischkante, einige Teilnehmer klatschten in die Hände, andere donnerten ihre Fäuste auf die Holzplatte oder stampften mit den Füßen gegen den Boden.

Winter war jetzt nicht mehr schwindelig. Er wollte auch nicht mehr weg, nicht mehr essen, trinken oder rauchen. Er wollte einfach nur, daß das Trommeln weiterging.

Seit vier Tagen hatte er kein Geräusch mehr gehört, außer den Stimmen der Seminarteilnehmer und den Geräuschen des Waldes. Das fiel ihm erst jetzt auf, als ihm das Trommeln köstlicher schien als jedes Essen, denn es war, als könnte er die Musik schmecken, sie anfassen, trinken, sehen. Als kröche er hinein in die Musik, als explodierte jeder Schlag in einer unterschiedlichen Farbe unter seinen Handflächen. Gelb, grün, violett. Unter seinen Handflächen. Ja. Er trommelte jetzt auch, getragen von den Wellenkämmen dieser Musik, stand auf, wie die anderen, drehte sich, schlug sein Glas gegen den Teller in seiner Hand, immer stärker. Er war es plötzlich, der die Musik beherrschte, der alles beherrschte, den

Tisch, den Wald, den Raum. Er war es, der sich als erster die Kleider herunterriß, der Sebastian ansah und lächelte.

»Ja«, schrie Sebastian. »Zeigen wir der Welt, wer wir sind! Wir haben lange genug gewartet. Sterne seid ihr, einsam leuchtend und herrlich. Und Wölfe seid ihr, geboren, um zu siegen, zu siegen und zu herrschen. Geht gemeinsam auf die Jagd, kehrt zurück mit dem Schatz eurer Erkenntnis«; seine Worte wurden getragen und durchdrungen von dem Trommeln der Teilnehmer, nicht zu unterscheiden von der Musik aus den Boxen oder Winters Gedanken, denn alles war eins, und das Größte war das Kleinste, Formen waren Musik, Farben waren Rhythmen, und Winter war der Schöpfer, das Licht und der Knecht. Alles war Leben: der Tisch, sein Stuhl, die Luft; Stimmen, Berührungen, das Rascheln der Kleidung; alles atmete, alles existierte, alles bildete einen großen Organismus, in den Winter eingebunden war, und alle Worte waren zu wenig, um das zu benennen, was er fühlte, denn was er fühlte, war zu groß für das, was er begreifen konnte; er fing an zu weinen, er weinte hemmungslos, ging auf die Knie und kroch zur Tür, auf allen vieren, raus in die Nacht, wo sich die anderen schon im Gras wälzten wie Tiere, Wölfe, die im Wald verschwanden, und Sebastian stand in der Tür und schrie etwas, das niemand mehr hörte; der Himmel schlug über ihnen zusammen, und Winter versank in der Wiese; winzige, phosphoreszierende Wesen tauchten darin auf und sprachen zu ihm, überall sah er blitzende Lichter, irisierende Farben, er tauchte ein in das Reich des Waldes und flog davon, dem Licht entgegen, und plötzlich verhallten die Töne.

Winter blinzelte in die Sonne. Er hatte es nicht geschafft weiterzugehen. Die Grenze zu überschreiten. Über ihm tanzten Blätter, und neben ihm standen Beine. Nackte Beine.

Er sah an ihnen hoch und erkannte Korffs Assistentin. Er erkannte sie sofort, aber es dauerte eine Weile, bis sie ihm bewußt wurde. Sie steht neben mir, dachte er, weil er noch immer keine angemessene Reaktion zeigte.

Sie trug dasselbe Kleid wie vor zwei Tagen, das schwarze Baumwollkleid mit den langen Ärmeln, ihre Beine standen schulterbreit gespreizt neben seinem Kopf; er sah ihren Slip schimmern, irgendwo darüber, und bemühte sich, nicht hinzusehen.

»Sie sehen gut aus, von oben«, sagte sie und legte den Kopf schief. Ihre Stimme senkte sich über ihn, und Winter merkte, daß er schwitzte. Er drehte sich auf die Seite und hatte ihre Unterschenkel vor sich, ihre Füße, die in geflochtenen Ledersandalen steckten. Er fuhr sich mit dem Ärmel seines T-Shirts über die Stirn, wischte den Schweiß weg und tastete mit einer Hand nach der Plastiktüte.

»Setzen Sie sich. Bitte.« Er legte ihr die gefüllte Tüte als Kissen hin.

»Sie hätten sich den Schweiß nicht abwischen sollen«, sagte sie traurig und hockte sich neben ihn, ohne von seinem Angebot Gebrauch zu machen; sie wippte auf den Ballen, und er beobachtete die Haut über ihren Fußknochen, das feine Spiel der Sehnen, während sie versuchte, das Gleichgewicht zu halten.

»Was machen Sie hier?« fragte er.

»Ich habe mir frei genommen«, sagte sie. Und, als hätte sie seine Gedanken erraten: »Herr Doktor Korff und ich haben eine besondere Vereinbarung.« Dazu lächelte sie so vieldeutig, daß Winter nicht weiter fragte.

»Und Sie?«

»Oh, ich habe mit meinem Arbeitgeber auch eine besondere Vereinbarung«, sagte Winter. »Ich kann kommen und gehen, wann ich will, wenn ich nur zu den entscheidenden Terminen meine Ergebnisse präsentiere«, und ihm fiel ein, daß er in den gesamten drei Jahren, die er jetzt schon für Oswald & Bell arbeitete, dieses Privileg noch nie in Anspruch genommen hatte. Bis heute. Am Nachmittag mußte er in der Agentur ein komplettes Textkonzept vorstellen, und er hatte noch kein Wort geschrieben. Er hatte nicht einmal angefangen, darüber nachzudenken.

»Da haben Sie es gut«, sagte sie.

»Ja«, antwortete er und blinzelte sie an wie jemand, der gerade erst aufgewacht ist. »Warum haben Sie mich angerufen?«

»Ich wollte Sie sehen.«

»Ich wollte Sie auch sehen.«

»Ich weiß.«

»Warum haben Sie dann aufgelegt?« Er spürte, wie

seine Kehle trocken wurde und tastete nach der Wasserflasche.

»Ich war direkt neben Ihnen«, sagte sie. »Mein Bett stand neben Ihrem Bett. Sie hätten nur gegen die Wand klopfen müssen.«

Winter fragte nicht mehr, warum sie das Hotel für ihn bestellt hatte. Was die Videokassetten bedeuteten. Was Korff mit all dem zu tun hatte. Es war ihm egal. Auch der Auftrag war ihm egal. Der Termin in der Agentur. Das einzige, was ihm nicht egal war, war sie. Waren ihre Augen, ihr Mund und ihre Stimme, die ein wenig zu tief war, aber das mochte er. Gerade das.

»Kommen Sie mit zu mir?« fragte sie, und sein Handy begann zu klingeln. »Ich möchte Ihnen etwas zeigen.«

Winter stand auf. Bevor er die Wasserflasche in die Tüte fallen ließ, holte er sein zusammengerolltes Sakko heraus und legte es sich um die Schultern. Er folgte ihr. Nahm die Plastiktüte in die linke Hand und tastete mit der rechten nach dem Inhalator. Sein Handy klingelte immer noch.

16

Im nachhinein hatte Winter sich oft gefragt, wieviel von dem, was er empfand, als er ihre Wohnung betrat, Abenteuerlust gewesen war, und welche Rolle seine Angst dabei spielte. Einerseits war es genau das, was er wollte: endlich bei ihr sein. Andererseits wußte er, daß es falsch gewesen war, mit ihr gegangen zu sein, daß es schon falsch gewesen war, auf ihr erstes Zeichen im Restaurant reagiert zu haben, denn wäre er einfach sitzen geblieben, wäre nichts weiter passiert. Er wäre nicht zu dem Landhaus gegangen, hätte nie von Johannes erfahren, er hätte sich diese Videoaufnahmen nicht ansehen müssen und die Ereignisse der Vergangenheit ruhen lassen können, so lange, bis auch die letzten Spuren aus seinem Gedächtnis getilgt waren. Er hätte zügig den Auftrag erledigen und dann zu seiner Familie ans Meer fahren können.

So sehr sie ihn auch anzog, so groß war auch seine Befürchtung, daß er durch sie nur weiter in eine Spirale von Ereignissen geraten könnte, an deren Anfang eine unbestimmte Bedrohung stand: Er hatte Angst davor, die Wahrheit über diesen letzten Seminarabend zu erfahren und sehnte sich gleichzeitig danach, als läge in der Bewältigung des verdrängten Ereignisses auch der Schlüssel zu einem Leben ohne all die Beklemmungen, unter denen er seitdem litt.

Doch ganz gleich, was er zu wollen glaubte, wovor er Angst hatte, was ihn zog und was ihn abhielt, ganz gleich, wie oft er das Für und Wider gegeneinander abgewogen hätte: Die Möglichkeit einer Wahl existierte nur theoretisch, denn Winter funktionierte wie fremdgesteuert, ein staunender Beobachter seiner selbst.

Und als sich die Tür hinter ihnen geschlossen hatte und sie in einem Zimmer standen, das – abgesehen von Bad und Kochnische – das einzige in der Wohnung zu sein schien, da es auf engstem Raum von Schreibtisch bis Bett alles enthielt, was man brauchte, inklusive Fernseher und Stereoanlage, als er seine Tüte an einen der beiden Holzstühle gehängt hatte, die an einen kleinen Tisch mit Blumen, Kaffeekanne und stehen gelassenem Frühstücksgeschirr gerückt waren, und sich hilfesuchend nach einer Sitzgelegenheit umsah – es gab nur die Holzstühle, ihren Schreibtischstuhl oder das Bett –, als sie daraufhin lächelte und sich mit der Frage, ob er etwas trinken wolle, an ihm vorbei in Richtung der kleinen Kochnische drängte, in dem Moment sah er sich dabei zu, wie er, ohne groß zu überlegen, eine Hand hinter ihrem Ohr entlang in ihr Haar schob, seine Finger darin festkrallte und gleichzeitig den anderen Arm auf ihren Rücken gleiten ließ, wie er sein Gesicht an ihren Hals legte, seine Nase in ihrem schwarzen Haar vergrub und ihren Geruch einsog, der an der feinen Haut oberhalb ihres Ohransatzes besonders deutlich war.

Er küßte ihren Hals, seine Zungenspitze stieß leicht gegen ihre Mundwinkel, und er spürte ihren Atem auf seinem Gesicht, den leichten Salzgeschmack ihrer Haut, und sie stand da und bewegte sich nicht, stand da mit halb geöffnetem Mund und reagierte in keiner Weise, weder entzog sie sich, noch kam sie ihm entgegen, sie wirkte nicht überrascht und auch nicht beeindruckt; sie ließ ihn einfach machen, und Winter war irritiert, aber aufhören konnte er nicht, also zog er ihren Kopf nach hinten und legte seine Lippen an ihren Hals, bis er ihr Blut durch die Schlagader pulsen fühlte und ihm schwindelig wurde. Er schob ihr die Hand zwischen die Beine, hob ihren Slip seitlich an und teilte mit den Fingern ihr Geschlecht, preßte sich an sie und empfand den Gegendruck als Erlösung, ihr Fleisch an seinem Fleisch; er zog ihr das Kleid über den Kopf bis zu den Handgelenken, schob sie aufs Bett und streifte ihren Slip über die Sandalen ab. Sie legte den Kopf zur Seite, und er drückte sein Gesicht zwischen ihre Beine, öffnete seine Hose und umfaßte mit beiden Händen ihr

Becken, glitt an ihrem Körper hoch, streifte ihre Brüste, zog sich das T-Shirt über den Kopf und küßte sie, fuhr mit den Fingernägeln an den Innenseiten ihrer Arme hoch, bis zu der Stelle, an der sie über ihrem Kopf durch das Kleid zusammengehalten wurden. Er spürte etwas an ihrem linken Handgelenk, mehrere parallel verlaufende Narben, zarte Verkrustungen, und sah in ihr Gesicht. Ihre Wangen waren gerötet, ihre Augen glänzten matt und schienen etwas zu sehen, das weit entfernt war, und es war ihm unmöglich zu deuten, ob ihr das, was sie dort sah, gefiel oder nicht.

Winter strich mit dem Zeigefinger über ihre Wange und drang in sie ein. Ihr Kopf drückte sich tiefer in die Matratze, aber ihr Blick blieb starr auf etwas gerichtet, von dem er nicht wußte, was es war.

Langsam fing er an, sich in ihr zu bewegen. Er sog ihren Atem ein, bog ihre Beine hoch; jetzt, wo er die größtmögliche Nähe zu ihr spürte, haßte er seinen Körper dafür, daß er unfähig zu einer Vereinigung war. Immer tiefer stieß er in sie, und in dem Moment, in dem er ihren Blick zurückkehren glaubte, verlor er sich in ihr; für eine kurze Sekunde verwischten die Grenzen, und als er ihrem Mund entgegenfiel und die Luft einsog, die sie ausatmete, als er sein heißes Gesicht an ihres legte, fühlte er sich wie am Ende einer Reise.

17

Sie hieß Lilly, zumindest glaubte er das, als er zwei Stunden später in seinem Auto saß und zur Agentur fuhr; der Wind zerwühlte ihm die Haare, und ihr Name durchtanzte seine Gedanken wie ein Schmetterling. Wenn er es weniger poetisch betrachtete, hatte er gerade mit der Assistentin seines Auftraggebers geschlafen und seine Frau betrogen. Aber es erfüllte ihn eine Kraft, die so stark war, daß alles daneben verblaßte. Selbst die Erinnerung.

Den Tauben ließ er diesmal nicht den Hauch einer Chance. Kurz vor der Einfahrt stieg er aufs Gas und raste ohne das übliche Ziehen in der Magengrube auf ein wuselndes Knäuel aus Federn zu. Eine prallte mit einem dumpfen *Klonk* gegen die Windschutzscheibe, eine andere erwischte er mit dem rechten Vorderreifen.

An seinem Auto war keine Verunreinigung zu erkennen, in der Einfahrt schon: Eine Taube drehte sich flatternd um die eigene Achse, eine andere bewegte sich gar nicht mehr. Ihr fehlte der Kopf.

Ohne zu grüßen, beugte sich Winter über die Empfangstheke und küßte Alina, die gerade damit beschäftigt war, Quittungen in einen Ordner zu heften, auf den Mund. Er hoffte, daß er noch nach Korffs Assistentin schmeckte, wartete Alinas Gesichtsausdruck aber nicht ab und lief die Treppe hoch, ohne sich umzusehen, schloß die Tür zu seinem Büro und ließ den Computer hochfahren. Er hatte noch eine Dreiviertelstunde bis zu dem Termin, aber er war in der Verfassung, alles schaffen zu können. Erst als sein Monitor ansprang, bemerkte er den kleinen Zettel, der mit Tesafilm daran festgeklebt war. Es war einer von den schmalen Papierstreifen, die man in Glückskeksen fand. *Denn nur der Weise erblickt angesichts der letzten Dinge im Zufall seine eigene Spur*, stand darauf, und Winter beförderte ihn mit einer verächtlichen Geste in den Papierkorb.

Ob das nicht etwas – Torben rang um den richtigen Ausdruck – nicht etwas zu ... monumental sei, merkte er vorsichtig an und ließ die Seiten, die Winter ihm, Tatjana und den Grafikern ausgehändigt hatte, langsam sinken. Zu – biblisch eben?

Winter beobachtete seinen hilflos umherirrenden Blick, der nach Bestätigung in den Gesichtern der anderen suchte. Torben räusperte sich verlegen.

Sein Adamsapfel hob den Krawattenknoten über dem nachlässig rasierten Kinn kurz an, was irgendwie grotesk aussah, und seine schwarze, rechteckige Hornbrille schimmerte im Licht der Nachmittagssonne. Vor ihm stand unangetastet ein Stück Erdbeerkuchen.

Winter lachte. »Die Schöpfung«, klärte er ihn auf, »natürlich ist die Schöpfung monumental. Sie ist brutal, unerbittlich und gewalttätig. Die Natur ist zerstörerisch. Sie muß vernichten, um Neues zu schaffen. Das ist Selbsterhaltung. Langfristig gesehen.«

»Nun ja.« Torben war ratlos. »Aber wir müssen doch am Thema bleiben. Ich meine, wir dürfen doch nicht vergessen, für wen wir das Ganze hier machen. Die Schöpfung, das ist doch ... das war doch nur deine Grundmetapher, eine konzeptionelle Klammer. Das kann man doch nicht so ... so wörtlich übersetzen.«

Torben schwieg eine Weile und betastete seinen Krawattenknoten. »Ich meine, wir machen hier Werbung für ein Klimatechnikunternehmen und keine Kampagne gegen die sieben Todsünden.«

Er vermied es, Winter anzusehen, und starrte nach draußen.

Tatjana hatte die Stirn in Falten gelegt und warf Winter einen besorgten Blick zu. Als hätte er eine Krankheit oder sowas.

»Nun, ich schlage vor«, sagte sie schließlich, wie um ihn vor etwas zu bewahren, »du drehst noch ein bißchen am Ton, die Richtung stimmt ja ungefähr, und dann haben wir's. Bis jetzt läuft doch alles, und wir liegen ganz gut in der Zeit.«

Winter wollte etwas sagen, aber Tatjana sah ihn streng an und schüttelte kaum merklich den Kopf.

Nach einer Weile sagte auch Torben, das sei wohl das Beste, er klang erleichtert und dankbar. Dann besprach man nur noch die Gestaltung, die, abgesehen von kleinen Änderungsvorschlägen, auf allgemeine Zustimmung stieß.

Winter beteiligte sich nicht an der Diskussion. Er wurde auch von niemandem gefragt.

»Sag mal, bist du jetzt völlig durchgedreht?« fragte Tatjana nach dem Termin und sah ihn jetzt nicht mehr besorgt, sondern verärgert an. »Hast du komplett den Verstand verloren?«

Winter lächelte.

»Hör zu, ich weiß nicht, was gestern mit dir passiert ist«, sagte sie, »aber spätestens morgen früh brauche ich Texte, mit denen ich arbeiten kann – und keine Bergpredigt!«

Winter räumte seine Sachen zusammen. »Ich wußte immer, daß du mit wahrer Größe nichts anfangen kannst.«

»Jakob ...«

»Was?«

»Ich mache mir Sorgen um dich.«

»Mach dir Sorgen um dich selbst«, sagte er. »Ich brauche keine Krankenschwester.«

Dann verließ er den Raum und marschierte grußlos an Alina vorbei nach draußen.

Bei den Tauben blieb er stehen. Über den leblosen Rumpf machten sich bereits mehrere Artgenossen her, und die verletzte Taube lag zuckend auf der Seite und starrte ihn an, aus ihren widerlichen gelben Augen. Ein seltsamer Frieden überkam ihn. Die Sonne brannte vom Himmel, es roch nach Moder und nach Hitze, und Winter hatte keinen Grund anzunehmen, daß am Leben mehr dran war als das.

Das Band lief an der Stelle weiter, an der Winter auf Standbild geschaltet hatte, um Klaasens Gesicht identifizieren zu können. Er sah noch einmal dessen Aufforderung an den Kameramann, ihm zu folgen und Klaasen danach hinter dem Mädchen im Wald verschwinden.

Die Kamera war jetzt auf den Boden gelegt worden. Nichts bewegte sich mehr, und hinter angestrahlten Gräsern und Blättern ragten in einiger Entfernung Baumstämme ins Bild. Man hörte nur noch den pfeifenden Atem des Kameramannes. Sonst war es absolut still.

Plötzlich geriet der Wald wieder in Bewegung: Zweige wischten vorbei, ein milchiger Mond zog eine zittrige Diagonale. Das Licht glitt über den Boden, beleuchtete Äste, Moos, Büsche. Jemand anderes mußte die Verfolgung an Stelle des bisherigen Kameramannes wiederaufgenommen haben. Das Bild war noch unruhiger als zuvor, und das Pfeifen war durch ein schnelles, flaches Atmen abgelöst worden.

Nah am Boden bewegte sich die Kamera auf einem scheinbar ziellosen Zickzackkurs durch den Wald. Der Mann mußte sie entweder an einem Arm hängend gehalten haben, ohne durchzuschauen, oder er war sehr klein, und Winter fragte sich, woher er die Richtung kannte, in die er laufen mußte, denn außer den Geräuschen, die seine Schritte, sein Atem und die vereinzelt brechenden Zweige machten, hörte er nichts auf der Tonspur, nichts, das die Fluchtrichtung des Mädchens hätte verraten können. Und doch: nach kaum mehr als hundert Metern sah Winter sie auf einer Lichtung liegen, niedergerissen von fünf Männern.

Das Mädchen wehrte sich nicht. Es schrie nicht. Es lag nur da und sah nach oben. Der Kameramann stand direkt über ihr. Er filmte sie und die Männer. Ihr von Tränen und Erde verschmutztes Gesicht streifte er nur während der Schwenks.

Hinter der Kamera knackte etwas. Der Lichtkegel glitt zurück in Richtung des Waldes und erfaßte einen weiteren Mann. Er kam auf allen vieren auf die anderen zu. Der Atem dieses Mannes ging pfeifend, und sein Gesicht war zu einer fremdartigen Fratze entstellt. Winter erkannte das Gesicht trotzdem.

18

Er war nicht überrascht. Nicht davon, daß er dabeigewesen war. Das wußte er ja. Klaasen hatte es ihm gesagt, und er selbst konnte sich zumindest an die Zeit vor der Aufnahme erinnern. Was er nicht mehr wußte, war, daß er nackt mit einer Videokamera durch den Wald gelaufen war. Er wußte nichts von einem Mädchen. Und er wußte nicht, daß sein Gesicht so aussehen konnte.

Nach allem, was er an diesem Tag erfahren hatte, mußte er davon ausgehen, daß das Videoband ihm die Fortsetzung lieferte, den Film weiterzeigte, der in ihm gerissen war. Auch aufgrund des Datums war kein Zweifel mehr daran möglich, daß die Aufnahme am Abschlußabend des Seminars gemacht worden war. Blieb die Frage, was Korffs Assistentin damit zu tun hatte. Warum sie ihm diese Kassetten zuspielte.

Es gab nur eine hinreichende Erklärung: Lilly mußte

das Mädchen auf dem Band sein. Sie war es, die er vor über zehn Jahren durch den Wald gehetzt hatte. Über sie waren die Seminarteilnehmer hergefallen wie Tiere. Sie war der Schlüssel zu all dem, zu seiner Vergangenheit und zu den rätselhaften Ereignissen der letzten Tage.

Eine halbe Stunde später stand er vor ihrer Tür. Sie öffnete sofort.

»Sie sind spät«, sagte sie. Und: »Gehen wir spazieren?«

Er küßte sie und nickte und sagte: »Ja. Gehen wir spazieren.«

Sie waren kaum zehn Minuten gegangen, als sie sich in einer Gegend befanden, in der Winter noch nie gewesen war. Er fragte sich, wie das sein konnte; er lebte seit Jahren in dieser Stadt, besonders im Zentrum kannte er sich aus. Aber die Seitenstraßen, durch die sie ihn führte, waren wie das Spiegelbild von etwas, das er bisher nur im Original kannte.

Vielleicht, dachte er, waren sie einfach von einer anderen Seite in dieses Gewirr aus Nebenstraßen gelangt. Vielleicht hatte sich etwas verändert, ein Detail, das das gesamte Bild beeinflussen konnte, und als sie eine Weile schweigend nebeneinander hergegangen waren, sein Ellenbogen hatte den ganzen Weg über Kontakt zu ihrem Körper gehalten, standen sie wieder vor ihrem Haus.

»Wir sollten da nicht reingehen«, sagte er.

»Nein«, sagte sie. Und lachte wie über einen sehr dummen Scherz.

»Woher kennen Sie mich?« fragte er auf dem Weg zum Waldsee, die Abendsonne hatte alles in warmes Licht getaucht, und erst jetzt fiel ihm auf, daß er sie immer noch siezte und daß sie seine Frage gar nicht gehört haben konnte, weil er sie gegen den Wind gesagt hatte, dazu so leise, daß er seine Stimme im Brustkorb vibrieren fühlte wie den Herzschlag eines Kükens.

»Ich kenne Sie nicht«, sagte sie, und ihre Stimme war so nah, als läge ihr Mund direkt an seinem Ohr.

Sie erreichten die Stelle, an der er den Steinkreis gesehen hatte, aber es gab keine Feuerstelle mehr, keine Zeichen im Sand; es sah aus wie an jeder anderen Stelle des Ufers auch. Nichts schien verwischt worden zu sein, nichts zertrampelt, der Sand war nicht mit Asche vermengt; es war, als hätte es diesen Kreis nie gegeben.

»Lassen Sie uns durch den Wald zum Landhaus gehen«, schlug er vor, denn im Wald, dachte Winter, mußten die Spuren des Rituals zu finden sein; er würde auf die Feuerstelle zeigen und Lilly zur Rede stellen können. Er dirigierte sie quer durchs Gebüsch, ohne daß sie ihn einmal verwundert angesehen hätte, zog sie über umgestürzte Baumstämme, drückte ihre Hand, um sie zwischen Hindernissen hindurch zu steuern und ließ seinen Blick über den Boden gleiten. Jeden Quadratmeter tasteten seine Augen ab, auf der Suche nach einem Hinweis, an dem er seine Worte festmachen konnte, ein Stück Stoff, das an einem Zweig hing; er wollte Klarheit, aber er wollte auch, daß sie mit all dem nichts zu tun hatte, daß alles ein dummer Zufall war. Immer tiefer gelangten sie in den Wald, und als Winter merkte, daß er sich weiter von dem See entfernt hatte als ihm lieb war, gingen sie zurück ans Ufer.

Das Landhaus hatte nichts Bedrohliches mehr, als es jetzt vor ihnen lag; er war fast enttäuscht von dem Frieden, den es ausstrahlte. Sonnenschirme standen auf der Terrasse, rot und blau und gelb, und ein leichter Wind bewegte den Stoffsaum, der unter der gespannten Fläche in sanften Wellen herabhing.

»Möchten Sie etwas essen?« fragte er, ohne den Blick von der Terrasse zu lösen, denn er hatte Lust, ihr gegenüberzusitzen, den See wie eine Rechtfertigung im Hintergrund zu spüren und ihr Fragen zu stellen.

Selbst wenn Klaasen hinter dieser zweiten Kassette steckte, selbst wenn das erste Video für jemand anderen bestimmt war: Irgend etwas mußte sie zumindest mit dem Hotelzimmer zu tun haben, dachte Winter, als sie über die Steinstufen hoch zur Veranda des Restaurants stiegen. Ein leichtes Nicken nach links. Ein scheinbar absichtsloser Blick nach rechts. Er achtete auf jede Geste, denn jede vermeintlich zufällige Bewegung konnte ein verabredetes Signal bedeuten. Doch es schien im Gegenteil, als ob niemand sie auch nur bemerken würde. Die Terrasse war gut gefüllt, aber keiner der Gäste sah sie an, nicht einmal die Kellner nahmen Notiz von ihr, und gerade das verwirrte ihn, gerade das schien ihm verdächtig. Selbst wenn er mit Tatjana essen ging, kam es vor, daß Gespräche ins Stocken gerieten, daß Winter neidische Blicke erntete und sich Leute verstohlen umsahen; diese angestrengte Ignoranz Lilly gegenüber wertete er als Beweis dafür, daß hier irgend etwas nicht mit rechten Dingen zuging.

Er führte sie an einen Tisch nahe der kleinen Steinmauer, die die Terrasse begrenzte; er sah sie vor einem Panorama aus Wald und See und betrachtete ihr Gesicht, als er hinter sich eine Stimme hörte.

»Guten Abend, Herr Winter.«

Er fuhr herum. Der Junge von der Rezeption.

»Schön, daß Sie wieder unser Gast sind«, sagte er, und plötzlich verdichtete sich Winters Überraschung, dem Rezeptionisten nun auch als Kellner zu begegnen, und die Verwunderung darüber, daß der ihn anscheinend bereits von hinten erkannt hatte, zu einer Reaktion, die ihn selbst verblüffte: Er sprang auf, beugte sich nah zum Gesicht des Kellners herunter und lächelte genau so, wie er gelächelt hatte, als er der Taube beim Sterben zugesehen hatte. Er flüsterte ihm ins Ohr, ob das Zimmer schon hergerichtet sei?

»Selbstverständlich, Herr Winter«, sagte der Kellner mit einem verstohlenen Blick auf Lilly.

»Nummer 11?«

»Nummer 11, Herr Winter.«

Winter nickte. Er hatte ihnen gezeigt, daß er ein ebenbürtiger Gegner war. Zufrieden setzte er sich und schlug die Weinkarte auf.

»Sie essen öfter hier?« fragte Lilly verwundert.

»Montag zum ersten Mal«, sagte Winter und beobachtete ihr Gesicht, das sie sofort hinter der Speisekarte versteckte.

Er hat nur mich begrüßt, dachte er. Warum hat er sie nicht begrüßt, wenn sie doch vorletzte Nacht auch hier war?

»Seit wann arbeiten Sie für Korff?« fragte er.

Sie ließ die Karte sinken. »Warum wollen Sie das wissen?«

»Es interessiert mich.«

»Seit zwei Jahren.«

»Warum haben Sie vorgestern aus dem Fenster gesehen?«

»Was?«

»Sie haben die ganze Zeit während des Termins aus dem Fenster gesehen. Warum?«

»Ich habe nicht aus dem Fenster gesehen.«

»Aber Sie standen mit dem Rücken zu uns und ...«

»Ich habe Sie angesehen«, unterbrach sie ihn. »Ich habe die Spiegelung Ihres Gesichts in der Scheibe betrachtet.«

Winter sagte nichts. Als der Junge Brot und Wein brachte, bestellte er eine Schachtel Zigaretten.

»Sie haben mich angesehen«, wiederholte er, wie um sich etwas Unglaubliches bewußt zu machen.

»Ja«, sagte sie. »Sie haben mich interessiert.«

»Und deswegen haben Sie das Hotelzimmer gebucht? Deswegen schicken Sie mir Videokassetten?«

Sie schlug die Augen nieder. »Was für Videokassetten?«

Er lächelte. »Und diese Mondkarte kommt wohl auch nicht von dir?«

Er wiederholte ihren Namen in seinem Inneren wie ein Mantra, so lange, bis ihn der Klang ganz erfüllte. Sie plötzlich zu duzen hatte nicht nur etwas Erotisches. Es definierte auch das Machtverhältnis.

»Nein«, sagte sie, und es klang wieder ein wenig traurig. »Keine Mondkarte.«

Winter verstand nicht. Entweder war sie wirklich ahnungslos, oder sie hatte eine perfide Art, ihn in den Wahnsinn zu treiben.

»Und der Name Johannes Klaasen sagt dir auch nichts, vermute ich.«

»Doch«, sagte sie. »Klaasen ist unser Unternehmensberater. Warum?«

»Weil ...«, Winter schluckte, »weil ich ihn vorgestern hier getroffen habe.«

»Das wundert mich nicht«, sagte sie. »Ich selbst habe ihm für die Nacht ein Zimmer reserviert.«

»Was? Aber warum?«

»Herr Doktor Korff hatte mit ihm noch einen späten Termin.«

»Und danach konnte Klaasen nicht nach Hause fahren?«

»Korff quartiert seine Geschäftspartner immer hier ein. Er hat eine spezielle Vereinbarung mit den Betreibern des Landhauses getroffen.«

»Und worin besteht diese Vereinbarung?«

»Er bekommt Sonderkonditionen. C&S hat die gesamte Klimatechnik des Hauses konzipiert.«

Lilly wirkte gelangweilt, aber Winter bemühte sich, am Ball zu bleiben.

»Dann bin ich jetzt also auch einer von Korffs Geschäftspartnern.«

»Ja?«

»Irgendwer hat mir dieses Zimmer doch bestellt. Und du mußt davon gewußt haben, sonst hättest du mich nicht angerufen. Wieso warst du überhaupt im Nebenzimmer?«

»Ich habe Ihnen kein Zimmer bestellt.«

Winter lachte kurz auf. »Und das Zeichen, das du im Restaurant auf meinen Rücken gemacht hast, war sicher auch nur Einbildung.«

»Nein«, sagte sie. »Natürlich nicht. Ich wollte mich bemerkbar machen. Aber dann sind Sie plötzlich verschwunden. Und Korff wollte weg. Ich hätte gern gewartet, bis Sie wiederkommen.«

»Warum warst du mit Korff essen?«

»Auftragsbesprechung. Der Termin mit Klaasen hat sich nach hinten verschoben.«

»Verstehe.«

Winter holte tief Luft und beugte sich zu ihr.

»Hör zu«, sagte er, »ich weiß nicht, aus welchem Grund du mich anlügst. Ich weiß nur, daß irgendwer ein Spiel mit mir treibt, das ich alles andere als komisch finde. Und ich bin mir sicher, daß du davon weißt.«

Sie seufzte. »Ich weiß nicht, wovon Sie reden.«

»Das hat Klaasen auch gesagt.«

»Was hat Klaasen denn damit zu tun?«

»Ich dachte, das wüßtest du besser als ich.«

»Damit zu tun. Womit denn eigentlich? Was wollen Sie überhaupt von mir? Warum gehen Sie mit mir essen? Warum haben Sie mit mir geschlafen? Nur damit ich Ihre neurotischen Fragen beantworte?«

Sie stand auf und stellte sich mit dem Rücken zu ihm an die Steinmauer. Sie zitterte. Und plötzlich tat sie Winter leid. Zum ersten Mal dachte er daran, daß sie vielleicht wirklich ahnungslos war. Ein Opfer seiner Phantasie.

Möglich war es immerhin, daß sie die Wahrheit sagte. Daß sie sich einfach für ihn interessierte. Vielleicht war das der Grund für ihre Schweigsamkeit, für ihr sonderbares Verhalten während des Termins gewesen. Warum sonst hätte sie ganz um den Tisch gehen sollen, um den Teller mit den Keksen genau vor ihn hinzustellen? Und hatte sie ihn nicht die ganze Zeit über beobachtet?

Winter kam sich auf einmal schäbig vor. Er trat neben sie und legte seinen Arm um ihre Schultern.

»Es tut mir leid«, sagte er und merkte, daß sie weinte.

Sie wandte sich ab, aber er nahm ihren Kopf in beide Hände und drehte ihn in seine Richtung. »Wirklich, es tut mir sehr leid. Vergessen wir's einfach.«

Er küßte ihr die Tränen aus dem Gesicht und schob ihr die Zungenspitze zwischen die Lippen, weil das im Moment die einfachste Möglichkeit war, in ihr zu sein.

19

Sie lagen auf diesem Baum, der sich über das Wasser wölbte wie eine Brücke, und Winter wunderte sich, daß ihm der Baum nicht eher aufgefallen war. Es war der einzige Baum am See, dessen Äste ins Wasser wuchsen und nicht in den Himmel.

Nach dem Essen hatten sie sich eine Flasche Wein öffnen lassen und waren barfuß den schmalen Uferstreifen entlang gegangen, als Lilly ihn entdeckt hatte.

Sie lagen jetzt schon eine ganze Weile da, jeder auf einem Ast, und Winter strich an der Rinde den Sand zwischen seinen Zehen heraus.

»Ich wußte nicht, daß ich dich treffen würde«, sagte sie. »Ich wußte es trotzdem. Und als ich vor dir stand –«, sagte sie, und er sagte: »Ja.«

Er wiederholte ihren Namen. Immer wieder. Es war der Versuch, etwas Unfaßbarem einen Rahmen zu geben, etwas Unerklärliches zu erden, wie Schachspielen.

Das Problem, dachte er, fängt an, sobald das Spiel eröffnet wird. Denn das Spiel beginnt mit Bewegung. Sich auf das Spiel einzulassen bedeutet, eine Figur nach der anderen zu verlieren, mit unausweichlicher Konsequenz seinem Ende entgegenzustürzen. Und Winter hatte sich bereits auf das Spiel eingelassen, indem er auf das Zeichen an seinem Rücken reagiert hatte. Das Zeichen, von dem sie behauptet hatte, es sei kein Zeichen gewesen.

Immer wieder war er unter Zugzwang geraten. Die Videokassette. Die Streichhölzer. Die Begegnung mit Klaasen. Ihr Auftauchen im Park. Er agierte nicht. Er reagierte. Und statt lächelnd vor ihr zu sitzen und die Hände nach ihr auszustrecken, starrte er auf das Spielfeld zwischen ihnen und versuchte dadurch, ihr näher zu kommen. Sie zu begreifen. Statt das Spiel zu ignorieren, versuchte er es zu gewinnen; er tat einen Zug nach dem anderen, zitternd vor Lust am eigenen Untergang, und jetzt lag er auf diesem Ast und sah sie an, als hätte er nicht begriffen.

Er setzte die Flasche an den Mund. Der Wein schlug gegen das Glas und machte ein seltsam metallenes Geräusch.

»Nachts ist das Wasser voll mit Fischen, die in der Dunkelheit leuchten«, sagte sie, während der Baum den See leer zu trinken schien. »Ein Armschlag unter der Oberfläche, und ein phosphoreszierender Schweif glitzernder Sterne zieht sich durch die Finsternis.«

Über ihren Augäpfeln spannte sich die Haut wie ein zu enges T-Shirt, und Winter lauschte in die Stille, die selbst da war, wenn sie sprachen. Ihre Worte waren lautlos, sie hatten kein Gewicht, aber sie lenkten ihn ab von dem, was war. Er steckte mitten in einem Spiel, das er nicht begriff. Seine Figuren vollführten einen sinnlosen Tanz, weil er nicht wußte, was der Gegner vorhatte. Er wußte nicht einmal, wer der Gegner war. Wenn es überhaupt einen gab.

»Was willst du eigentlich«, fragte sie, und ihre Zähne schimmerten in der Nacht wie Panther.

Was glaubst du, dachte er, und sie sah durch ihn hindurch, den Blick unscharf gestellt.

»Ich glaube, du läufst in die falsche Richtung«, sagte sie, der Geruch feuchter Kieselsteine mischte sich in den Geruch von Erde und Nacht, und er fragte sich, ob er das wirklich nur gedacht hatte oder vielleicht sogar gesagt, aber dann sah er den Mond hinter den Bäumen, er starrte auf die Zweige und Blätter davor und versuchte ein Muster darin zu erkennen, irgend etwas, das ihm einen Hinweis geben konnte, aber er fand nichts und dachte, daß das Spiel vielleicht längst vorbei war. Daß sie, ohne es zu wissen, um ein leergespieltes Brett saßen, auf dem es jetzt nur noch zwei Könige gab, die sich weder bedrohen noch schlagen konnten. Sie taumelten über die Felder und mußten darauf achten, sich nicht zu nahe zu kommen, und spätestens jetzt, dachte Winter, war es an der Zeit, den Platz zu verlassen.

Im Hotelzimmer wartete er nicht, bis sie sich ausgezogen hatte. Er zog ihr das Kleid über den Kopf und stieß ihr seinen Schwanz an ihrem Slip vorbei zwischen die Beine. Ihr Kopf knallte gegen die Türfüllung, und er wußte nicht, ob sie vor Schmerz schrie oder vor Lust. Er nahm sie, um seine Trauer zu ersticken, um sie nicht schlagen zu müssen aus Verzweiflung darüber, daß er keine Wahl hatte. *Zwei Ertrinkende, die sich aneinanderklammern, in der Hoffnung, nicht unterzugehen*, dachte er, der Mond warf ein silbernes Licht über ihren Körper, und jeder Stoß war das Verlangen, ihrem Geheimnis auf die Spur zu kommen. Wenn sie sich seinen Fragen schon nicht öffnete, dachte er, dann schafften es vielleicht seine Gefühle zu ihr, von denen er zu wissen glaubte, daß sie unabhängig von äußeren Verwicklungen existierten, doch nicht nur der Wunsch nach der Lösung eines Rätsels trieb ihn zu ihr, er wollte vor allem fortgerissen werden von einem Mann namens Jakob Winter, der ihm zusehends fremd wurde, und als sie später auf dem Bett lagen und er ihr beim Einschlafen zuhörte, betrachtete er das Bild über der Tür, das Bild mit den Jägern, und plötzlich war ihm klar, daß die Jagd längst begonnen hatte.

Mitten in der Nacht wachte er auf. Das Zimmer kam ihm verändert vor. Winter ging zum Fenster. Es brannte kein Feuer am See, und auch sonst konnte er nichts Auffälliges beobachten. Er stellte sich neben sie, hörte sie atmen. Strich ihr das Haar aus der Stirn, beugte sich über sie. Roch an der Luft, die sie ausstieß. Hoffte, sich darin zu erkennen. In ihrem Atem.

Behutsam zog er die Decke zur Seite. Kniete sich rittlings über ihren schlafenden Körper und drehte sie auf den Rücken. Öffnete ihre Beine. Vergrub seine Nase in ihr. Keine Spur von ihm. Nichts. Sie mußte geduscht haben, während er geschlafen hatte. Sie roch nach etwas anderem. Parfüm. Er ging ins Bad und betrachtete sein Gesicht im Spiegel, das erschöpft aussah; seine Augen hatten diesen fiebrigen Glanz, und er wandte sich ab und zog den Duschvorhang zur Seite.

Die Wanne war trocken. Er roch an dem Duschgel und war sich nicht sicher. Konnte sein. Er ging zu ihr zurück, leckte ihr durch die Schamlippen und drang in sie ein. Er wollte schnell kommen. Er wollte sie nicht wecken.

20

Am nächsten Morgen war sie weg. Seltsamerweise bemerkte er das zuletzt. Zuerst spürte er den entsetzlichen Geschmack im Mund. Dann sah er, wie spät es war. Er zog seine Armbanduhr vom Nachttisch und dachte daran, daß Tatjana und Torben jetzt seine neuen Texte erwarteten. Erst dann bemerkte er, daß Lilly nicht mehr da war.

Ihre Bettdecke hatte sie gefaltet, und aus dem Bad kam kein Geräusch, im ganzen Zimmer konnte er keine Notiz entdecken. Er schlug ihre Decke zurück, untersuchte das Kissen nach einem Haar von ihr, aber er fand nicht das geringste Anzeichen dafür, daß sie die Nacht mit ihm verbracht hatte.

Einem plötzlichen Impuls folgend nahm er seine Jacke vom Boden und durchwühlte die Taschen. Sein Portemonnaie war noch da, sein Handy, Schlüssel, Zigaretten – er stutzte. Der Inhalator war weg.

Sicher lag er auf dem Boden. Oder er stand auf dem Nachttisch. Warum sollte sie sein Asthmaspray mitnehmen?

Im Bad? Neben dem Fernseher? Vielleicht in seiner Hosentasche. Auch nicht. Winter mußte lachen. Er zog sich an, schaltete sein Handy ein und verließ das Zimmer.

Auf der Treppe kamen ihm Sanitäter entgegen.

Sein Handy klingelte.

Guten Tag. Hier ist Ihre persönliche Mobilbox. Sie haben drei neue Nachrichten.

Die erste kam von Tatjana. Die zweite von Torben. Die dritte von seiner Frau. Alle klangen auf unterschiedliche Art irritiert.

Er legte den Schlüssel auf den Tresen.

»Ich hoffe, Sie hatten einen angenehmen Aufenthalt«, sagte der Rezeptionist mit dem Zopf.

»Danke«, sagte Winter. »Ich hätte gern die Rechnung.«

»Es ist alles bezahlt, Herr Winter.«

»Und von wem bitte?«

»Von Herrn Doktor Korff. Ich dachte, Sie wüßten ...«

»Nein«, entgegnete Winter. »Aber ich hätte es mir denken können.«

»Möchten Sie noch bei uns frühstücken?«

Natürlich. Das war die naheliegendste Erklärung. Er fragte sich, warum er nicht eher darauf gekommen war. Bestimmt wollte sie ihn nicht wecken und hatte Hunger. Oder sie mußte schlicht zur Arbeit.

Sein Handy klingelte wieder. Tatjana. Er drückte sie weg und ging in den Frühstückssaal.

Die Kellner hatten bereits damit begonnen, das Buffet abzuräumen; es saßen noch etwa fünfzehn Personen an den Tischen, aber Lilly konnte er nirgends entdecken. Er setzte sich und bestellte Kaffee. Vielleicht war sie auf der Toilette. Er ging zum Buffet, ließ zwei Weißbrotscheiben in den Toaster fallen und überlegte, den Jungen an der Rezeption nach ihr zu fragen. Aber etwas anderes, als daß sie gegangen war, würde er auch nicht aus ihm herausbekommen.

Sein Toast sprang hoch. Winter bemerkte zwei Männer, die von Tisch zu Tisch gingen. Der Restaurantchef und sein Assistent, dachte er. Um zu fragen, ob alles in Ordnung sei. Beim Frühstück. Lachhaft.

Er setzte sich und bestrich die Toastscheiben mit Margarine.

»Guten Morgen«, sagte einer der beiden Männer. »Dürfen wir kurz stören?«

Sie hielten ihm Ausweise hin, und Winter machte eine einladende Bewegung mit dem Kopf.

»Wir würden Ihnen gern zwei Fragen stellen.«

Sie ist tot, dachte Winter. Sie hat sich umgebracht.

»Darf ich fragen, in welchem Zimmer Sie übernachtet haben?«

Winter ließ die Toastscheibe sinken. »Nummer elf.«

»Dürfen wir uns setzen?«

»Sicher.« Er schob den Kaffee von sich weg. Die Sanitäter, dachte er. Die Sanitäter.

»Würden Sie uns Ihren Namen nennen?«

»Winter«, sagte er und dachte an die Narben an ihren Handgelenken. »Jakob Winter.«

»Herr Winter.« Der größere von den beiden rückte seinen Stuhl zurecht. »Wann sind Sie gestern auf Ihr Zimmer gegangen?«

»Ich weiß nicht. Gegen Mitternacht vielleicht.«

»Sie waren allein?«

Winter zögerte. »Könnten Sie mir sagen, weswegen ich befragt werde?«

»Selbstverständlich. Wir arbeiten an einem Mordfall, der sich letzte Nacht hier ereignet hat.«

»Mord?«

»Ja.«

»Kein Selbstmord?«

Die beiden sahen sich an.

»Nein«, begann der größere, »kein Selbstmord. Zumindest kann ich mir das kaum vorstellen.«

Über das Gesicht des anderen huschte ein Lächeln, das sofort wieder verschwand. »Oder können Sie sich vorstellen, sich selbst den Schädel einzuschlagen, wenn Sie sich umbringen wollen?« fragte er, und der Große sah seinen Kollegen strafend an.

»Oh, Gott, nein ... natürlich nicht«, stammelte Winter. Aber im Grunde war er nicht entsetzt. Er war erleichtert.

»Also gut, Herr Winter.« Der Große beugte sich jetzt weit über den Tisch, während sein Assistent einen Block zückte und etwas aufschrieb. »Haben Sie in der Nacht vielleicht etwas Auffälliges bemerkt?«

Winter tat, als überlegte er.

»Nein«, sagte er nach einer kurzen Pause. »Nichts Auffälliges.«

»Sind Sie ganz sicher? Haben Sie nichts gehört?«

»Nein«, antwortete Winter, »ich habe einen gesunden Schlaf«, und der Große entschuldigte sich und erklärte den Grund der besonderen Nachfrage damit, daß die Leiche im Nebenzimmer gefunden worden sei. In Nummer zehn. »Sie lagen sozusagen direkt neben ihm, als er erschlagen wurde«, sagte er. »Ihre Betten waren nur durch eine Wand getrennt. Und deshalb dachten wir ...«

»Ihm?« entfuhr es Winter.

»Ihm. Ja«, sagte er. »Die Leiche ist ein Mann. Wundert Sie das?« und Winter sagte, »nein, natürlich nicht. Ich wußte nur nicht, daß es ein Mann war. Eine Leiche kann ja ...«

»Selbstverständlich.« Er schaute ihn lange an und stand dann auf. »Wenn Ihnen doch noch was einfällt ...«

Winter nahm die Visitenkarte. *Daniel Dvorak* stand darauf.

»Wer war denn der Tote?« fragte er beiläufig.

»Sein Name war Klaasen«, sagte Dvorak. »Sie kannten ihn nicht zufällig?«

»Nein«, sagte Winter und wunderte sich, wie wenig überrascht er war.

»Hätte mich auch gewundert.«

Sie ist nicht tot, dachte er. Sie lebt.

Er zog den Kaffee zu sich heran.

Klaasen ist tot, dachte er und sah durch die Scheibe, die den Frühstückssaal vom Foyer trennte, wie die beiden Polizisten an der Rezeption standen. Sie blätterten in dem großen schwarzen Buch und schienen einen bestimmten Eintrag zu suchen. Dvoraks Krawatte fiel dabei immer wieder in das Buch wie ein seltsames Lesezeichen, und Winter erkannte erst jetzt, daß darauf Hühner abgebildet waren, Hühner und Eier. Sie sagten noch etwas zu dem Rezeptionisten, dann kamen sie wieder an seinen Tisch.

»Herr Winter«, sagte Dvorak, »warum haben Sie uns angelogen«, und: »Sie waren nicht allein«, setzte der andere nach. Einer von den beiden roch aus dem Mund.

»Na ja«, sagte Winter und versuchte ein verlegenes Lächeln, »ich bin verheiratet, und ...« Er breitete die Arme aus, um seine Machtlosigkeit zu demonstrieren.

»Verstehe«, sagte Dvorak. »Deswegen haben Sie sich wohl auch unter falschem Namen eingetragen.«

»Ich habe mich ...«, begann Winter.

»Herr und Frau Korff«, unterbrach ihn der Assistent.

»Hören Sie«, sagte Winter, »ich kann Ihnen wirklich nicht weiterhelfen.«

Dvorak sah ihn an, als täte er ihm leid.

»Natürlich würden wir Ihrer Begleiterin auch gern

ein paar Fragen stellen«, sagte er sanft. »Sie ist wohl nicht mehr auf Ihrem Zimmer?«

»Nein«, sagte Winter. »Sie ist noch in der Nacht abgereist.«

»Und die Adresse?« fragte der Assistent.

»Die ... tut mir leid. Ich kenne nur ihren Namen.«

»Sie machen es uns nicht einfach, Herr Winter.« Dvorak klemmte die Haut an seinem Kinn zwischen Daumen und Zeigefinger und zog daran. »Uns nicht, und sich selbst auch nicht. Aber falls Ihnen noch etwas einfallen sollte ...«, sagte er, dann verabschiedeten sie sich, und Winter hob die Tasse mit dem Kaffee an, der inzwischen fast kalt war.

21

»Was soll das heißen, du bist noch nicht dazu gekommen?« Torben wirkte jetzt überhaupt nicht mehr verlegen.

Winter hatte ihn erst einmal so erlebt, und das war beinahe zwei Jahre her, als er an einen Geschäftstermin auf Sizilien spontan zwei Urlaubstage mit Tatjana gehängt hatte. Es war nicht das geringste passiert, aber als sie wieder zurück waren, hatte Torben genauso geklungen wie jetzt.

»Wie soll ich das verstehen, du hattest noch nicht die richtige Einstellung zu der Sache?« Er beugte sich weit über den Tisch und betonte jedes seiner Worte: »Ich hoffe, du weißt, was von diesem Auftrag abhängt.«

Winter hätte ihm gern den Gefallen getan, schuldbewußt zu Boden zu sehen oder ein Versprechen zu stammeln, aber er merkte, daß er seine Gesichtszüge nicht unter Kontrolle hatte.

»Es wird alles gut, Torben«, sagte Winter und hörte, wie verlogen er klang. »Mach dir keine Sorgen. Ich hab alles im Griff. Gib mir ein bißchen Zeit. Arbeite in den Layouts mit Blindtext. Ich stelle am Montag die Texte selbst vor.«

Torben runzelte die Stirn. »Weißt du, daß du das schon mal gesagt hast? Ich hab alles unter Kontrolle? Weißt du noch?«

Winter wußte genau, was er meinte. Aber er hatte keine Lust, darauf einzugehen. Er nahm sein Sakko vom Stuhl, drückte Torben die Hand und stieg in sein Auto.

Es mußte gegen Mittag sein. Winter drehte das Radio auf und zählte Laternenpfähle. Wenn es bis zur nächsten Ampel nicht mehr als zehn wären, war sie zu Hause.

Es waren siebzehn. Sie war nicht da. Selbst das Schild an ihrer Klingel fehlte, und plötzlich fragte er sich, ob es je ein Schild gegeben hatte. Er ging um das Haus herum und sah durch die Fenster, bis er ihre Wohnung gefunden hatte. Es war wirklich niemand zu sehen. Trotzdem klopfte er an die Scheibe und wunderte sich über den tiefen, dröhnenden Klang des Glases. Es gab eigentlich nur einen Grund für diesen Ton, und er probierte es, drückte das Fenster am Rahmen nach innen. Der Flügel schwang ins Zimmer. Kurz zögerte Winter, aber er wußte sofort zwei triftige Gründe, bei ihr einzusteigen. Er wollte sie zur Rede stellen, weil sie plötzlich verschwunden war, und er wollte sie fragen, was sie mit seinem Inhalator vorhatte. Zwar hatte er aus seinem Wagen mittlerweile das Ersatzgerät geholt, aber Lilly mußte davon ausgehen, daß er nur den einen Inhalator hatte und ohne das Medikament aufgeschmissen war. Kein Zweifel: Sie wollte ihm schaden. Ihm zumindest einen Denkzettel verpassen. Für was auch immer.

Winter zog sich am Fenster hoch und setzte einen Fuß auf ihre Schreibtischplatte. Er tastete nach Halt, aber die Sohle rutschte immer wieder auf irgendwelchen Zetteln ab. Auf einem Bein kniend schaffte er es schließlich, ihren Schreibtisch und von dort ihre Wohnung zu erreichen.

Er ging ins Bad, um auszuschließen, daß sie doch da war, untersuchte Glasfläschchen, Cremes, Seifen, roch an ihrem Parfüm, nahm Bürsten und Kämme hoch, schraubte das Duschgel auf und strich mit der Hand in ihrer Badewanne entlang.

Er war gerade an den Schreibtisch zurückgegangen und hatte ein paar Blätter aufgenommen, als es an der Tür klingelte.

Lilly, dachte er spontan und wollte öffnen. Korff, schoß es ihm dann durch den Kopf, und er bekam Angst. Unsinn, beruhigte er sich. Beide waren in diesem Moment bei C&S, also tat Winter, als hätte er das Klingeln nicht gehört und las das Blatt, das er in der Hand hielt: ein Kostenvoranschlag von einem metallverarbeitenden Unternehmen, an C&S adressiert, zu Händen Herrn Doktor Sebastian Korff. Als Datum war der 23.5.1996 angegeben, unterzeichnet hatte ein Hans-Paul Kalmbach.

Winter fragte sich, wieso Lilly alte Geschäftspost an C&S auf ihrem Schreibtisch liegen hatte, und nahm ein zweites Blatt auf. Er erkannte es sofort. Es war das Faxformular von Oswald & Bell, eine Terminbestätigung, unterzeichnet von Tatjana. In dem kurzen Text, mit dem Tatjana ihr Kommen ankündigte, hatte jemand seinen Namen, Jakob Winter, grün angemarkert.

Es klingelte wieder.

Winter verstand nicht. Er hatte versucht, Lilly zu glauben, und es war ihm gelungen. Hans-Paul Kalmbach.

Hinter ihm klopfte es an der Scheibe. Winter fuhr herum. Zwei Gesichter. Eine lächerliche Mischung aus Unglauben und Entsetzen. Als wäre alles vorgezeichnet.

»Ich dachte, Sie wüßten nicht, wo Frau Danato wohnt?« Dvorak klang müde.

»Ich sagte, daß ich ihre Adresse nicht kenne. Ich war erst einmal hier.«

»Wo ist sie?«

»Sie arbeitet in einem Klimatechnikunternehmen.«

Winter sah die beiden wie durch einen Nebel und erklärte ihnen den Weg. Ihre Bewegungen, die ihm unendlich langsam vorkamen.

»Ach ja.« Sie hatten sich schon umgedreht, als Dvoraks Assistent noch einmal zurückkam. Er hörte die Stimme wie durch Watte.

»Ihre Freundin – leidet nicht zufällig an Asthma?«

Winter zitterten die Knie. »Warum?«

»Weil wir das hier in Klaasens Zimmer gefunden haben.« Er hielt ihm den Inhalator entgegen.

»Nein«, sagte Winter, bevor er das Fenster schloß. »Kein Asthma.«

Während er inhalierte, strich er langsam an dem Riß in der Küche entlang. Die Erhebungen der Rauhfasertapete glitten mit beruhigender Regelmäßigkeit unter seiner Fingerkuppe hindurch, und Winter lehnte sich gegen die Wand.

Er wollte seine Frau anrufen. Deswegen war er hergefahren. Er hätte es geschmacklos gefunden, von Lillys Wohnung aus mit ihr zu telefonieren. Obwohl es egal war, von wo aus er mit ihr telefonierte. Von wo aus er ihr sagte, daß es keinen Sinn mehr hatte.

Johannes. Hans-Paul. Sebastian. Das war kein Traum. Sie *war* dieses Mädchen. Und Korff – Sebastian Korff – war der Seminarleiter gewesen.

Alles fügte sich. Und plötzlich verstand er: Lilly hatte Klaasen umgebracht. Sie hatte ihm den Schädel eingeschlagen. Sie hatte Winter den Inhalator aus der Tasche gezogen und in Klaasens Zimmer gelegt. Sie wollte ihm den Mord in die Schuhe schieben. Sie benutzte ihn für einen ausgeklügelten Racheplan.

Er hob den Hörer ab. Wählte die Nummer des Ferienhauses. Und legte sofort wieder auf.

Dvorak und sein Assistent, dachte er. Dvorak und sein Assistent sind jetzt auf dem Weg zu Lilly.

Winter sprang in seinen Wagen. Er mußte mit ihnen reden. Lilly würde ihnen erzählen, daß das sein Inhalator war. Natürlich würde man darauf ausschließlich seine Fingerabdrücke finden. Und selbstverständlich würde man ihm seine absurde Verschwörungstheorie nicht abnehmen.

Winter versuchte ruhig zu atmen. Sie wollte ihn ausschalten. Und wenn er nicht vor ihnen bei Lilly war, sah er keine Möglichkeit, das zu verhindern.

22

Auf dem Parkplatz bei C&S standen etwa zwanzig Autos. Natürlich hatte Winter keine Ahnung, ob eines davon ihnen gehörte. Er war wirklich ein Anfänger. Daß er sie überholt haben könnte, hielt er für ausgeschlossen, es sei denn, sie hätten unterwegs eine Mittagspause eingelegt. Außerdem wußte er nicht, ob ein erneutes Zusammentreffen mit den beiden seine Lage nicht noch weiter verschlimmern würde. Wenn sie schon bei Lilly waren, durfte er ihnen auf keinen Fall unter die Augen kommen, das war klar.

Er beschloß, erst einmal Richtung Landhaus zu fahren und dort zu essen. Er würde in Ruhe nachdenken und vielleicht sogar ein paar Notizen zu dem Auftrag machen können. Schließlich hatte er nichts zu befürchten. Er war unschuldig. Egal, wie viele angebliche Beweise sie gegen ihn einsetzte, wie viele

Videobänder noch auftauchten: Er hatte sich nichts vorzuwerfen. Alles andere würde sich ergeben und war im Moment sowieso nicht zu ändern.

Nachdem er den Wagen vor dem Landhaus geparkt hatte, ging er direkt auf die Terrasse und setzte sich auf denselben Stuhl, auf dem Lilly am Vorabend gesessen hatte. Weit entfernt erkannte er den Baum, dessen Äste fest im Wasser verwurzelt schienen. Er sah ganz klein aus, von der Terrasse, und Winter dachte, daß er nach dem Essen dorthin gehen würde, um am Waldrand auf Lilly zu warten. Sobald sie das C&S-Gebäude verlassen hätte, würde er sie zur Rede stellen. Vielleicht gab es eine ganz einfache Erklärung, auf die er nur noch nicht gekommen war. Und wenn sich seine Befürchtungen bestätigen sollten, konnte er sie immer noch entführen. Wahrscheinlich war das sogar seine letzte Möglichkeit: mit ihr wegzufahren in ein Land, in dem niemand sie kannte. Keine Namen. Keine Vergangenheit. Es wäre wie in einem schlechten Hollywoodfilm. Aber genau das war es, was er sich in diesem Augenblick wünschte.

Winter rollte den schweren Steinfuß eines Sonnenschirms nah an seinen Tisch und spannte das Tuch auf. Ein seltsamer Frieden lag über dem See. Als hätte jemand der Welt für alle Zeiten Absolution erteilt. Nur ein paar Mücken vollführten einen rastlosen Tanz in der Luft.

Als der Kellner kam – jemand, den er noch nie gesehen hatte –, bestellte er Brot, Salat und Bier. Gläser klirrten auf dem Tablett aneinander, sein Tisch fühlte sich warm an von der Sonne, und die Messer und Gabeln der anderen Gäste klapperten und kratzten auf den Tellern, als wäre nie etwas passiert.

Winter tauchte ein in das freundliche Gemurmel der Stimmen um ihn herum und versuchte ein Szenario zu entwerfen, mit dem Lilly nichts zu tun hatte.

Denkbar war es immerhin, daß ihm der Inhalator irgendwo aus der Tasche gefallen war. Vielleicht, als er mit Lilly auf dem Baum gelegen hatte. Das war nicht mal unwahrscheinlich. Jeder hätte ihn aufheben können. Selbst Klaasen. Und was sprach eigentlich dagegen, daß Lilly sich Arbeit mit nach Hause nahm? War es nicht etwas übertrieben, nur wegen zwei Allerwelts-Vornamen anzunehmen, es liefe ein Komplott gegen ihn? Wenn Lilly wirklich das Mädchen auf dem Video war: würde sie dann mit ihm schlafen?

Natürlich mußte die Polizei fragen, ob jemand im Hotel etwas gehört hatte. Aber niemand würde Klaasens Mörder ernsthaft unter den Landhausgästen vermuten. Die wesentlichen Ermittlungen konzentrierten sich jetzt, da war er sicher, auf Klaasens Klienten. Seine Sekretärin würde Terminkalender und Auftragsbücher vorlegen und Auskunft über potentielle Feinde geben müssen, und Winter stellte sich vor, wie es während der Verhöre, während all der Spurensicherungen in den Büros von Klaasen & Groth intensiv nach Lilien riechen würde.

Außerdem fehlte Winter jedes Motiv für die Tat. Anders sah das bei Lilly aus: Wenn seine ursprünglichen Vermutungen stimmten, paßte alles perfekt. Dann war er vor über zehn Jahren gemeinsam mit einer Handvoll anderer Männer nackt durch den Wald gelaufen und hatte unter Korffs Leitung die sechzehnjährige Lilly gejagt, die sich jetzt an den Seminarteilnehmern von damals rächen wollte. Sie hatte sich von Korff einstellen lassen, um ihn auszuspionieren und heimlich Beweismaterial zu sammeln.

War es nicht sogar möglich, daß Winter zwar auf ihrer Liste stand, sie sich aber trotzdem in ihn verliebt hatte? Daß sie ihn mit der zweiten Kassette warnen wollte? Was wußte er schon davon, was in einem traumatisierten Menschen vorging? Wie groß die Kontrolle war, die Lilly über ihre Handlungen hatte?

Winter trank das Bier in einem Zug aus und bestellte ein neues. Das alles bestätigte ihn nur in dem Gefühl, daß er sie haben mußte. Daß er alles schaffen konnte, wenn er nur wollte.

23

Auf den Steinplatten der Veranda mußten Kinder noch vor wenigen Tagen Himmel und Hölle gespielt haben. Die Kreidestriche unter ihm waren ausgeblichen von der Sonne, aber Winter erkannte, daß sein Stuhl mitten in der Hölle stand. Wenn es nur regnen würde, dachte er und winkte den Kellner heran. Dann ging er durch den Wald zurück in Richtung C&S.

Es war inzwischen fast vier Uhr. Seine Hand streifte ein paar Stämme, deren Rinde wie Papier war, er setzte sich auf den Waldboden in den Schatten, zog Schuhe und Strümpfe aus und holte sein Notizbuch aus der Jackentasche.

Kampagnenideen C&S Klimatechnik las er auf der ersten Seite über seinem umgedrehten Kreuz, der seltsamen Skizze des Gebäudes, der Kreuzung und des Waldes, von dem er damals noch nicht gewußt hatte, daß er einen See umschloß.

Er blätterte weiter und überflog die Bibelzitate, die er im Landhaus abgeschrieben hatte. Bis er die Stelle erreichte, an der die Stichworte von vorhin standen. Er versuchte, daraus Sätze zu bilden. Zumindest Thesen zu entwickeln.

Sternenfeuer. Nacht. Hitze. Energie.

Winter schabte mit den Zehen über den Waldboden.

Ein Kinderlied. Das war es.

Holz.

Das war Holz unter seinen Zehen.

Er nahm den Stift und schrieb sie auf. Die Zeilen des Kinderliedes.

Oben leuchten die Sterne, schrieb er. *Und unten leuchten wir.*

Thema: Wärme. Energie sparen. Oder Image allgemein. Das würde sich finden. Als Bild jedenfalls: das Haus unter dem erdrückenden Sternenhimmel. Ein Vorschlag von Tatjana.

Holz. Tatsächlich.

Winter steckte das Notizbuch zurück in seine Jacke und strich mit der Hand über die Stelle, an der eben noch sein Fuß gestanden hatte. Ein Stück Brett wurde sichtbar. Dann noch eins. Ein Sarg, dachte er. Und scharrte mit beiden Händen die dünne Erdschicht beiseite, bis er die Größe einschätzen konnte. Es mußte so etwas wie eine Kiste sein, jedenfalls war ein Hohlraum darunter.

Als er es geschafft hatte, alle Bretter freizulegen, stellte er sich breitbeinig darüber, klemmte seine Finger in die Brettzwischenräume und zog nach oben. Erde rieselte herab, und Winter warf die Abdeckung zur Seite. Es war wirklich nicht mehr als ein simpel zusammengenageltes Holzgitter, von der Größe einer Kühlschranktür.

Darunter lag eine Plastikplane. Vorsichtig hob Winter sie hoch. Er versuchte sich zu beherrschen und riß die Plane dann mit einem Ruck zur Seite.

Weißer Stoff. Mehrere Lagen. Winter sah sich um, ob ihn niemand beobachtete, und zog Schicht um Schicht heraus. Natürlich: Das waren die Gewänder. Die seltsamen Umhänge des Zirkels, dessen Aktivitäten er am See und auf dem Video beobachtet hatte.

Der Grund des Erdlochs war mit einer weiteren Plastikplane ausgekleidet, und auf der Plane lagen eine Handvoll Kerzen, Streichhölzer, ein schwarzer Ast mit Schnitzereien, ein purpurnes Samttuch, etwa ein Dutzend Steine und Hölzer und ein Kartenspiel, das von zwei Gummibändern zusammengehalten wurde. Winter entfernte die Bänder und sah sich die Karten an. Ein Tarot-Deck.

Er schaute die Karten schnell durch, und seine Vermutung bestätigte sich: Der Mond fehlte.

Nachdem er die Gummibänder über den Kartenpacken gezogen hatte, warf er alles wieder in das Loch, raffte die Umhänge zusammen und legte die Plastikplane darüber, schob das Holzgitter an seinen Platz und bedeckte es mit Erde und Zweigen, bis alles so aussah wie vorher.

Falls Lilly ihm die Karte hatte zukommen lassen, war sie Mitglied des Zirkels. Wenn schon. Was besagte das. Und wenn Klaasen ... Auf einmal fiel ihm Klaasens Bemerkung wieder ein: Als ihm Klaasen in seiner ersten Nacht im Landhaus begegnet war, hatte er sich erfreut darüber gezeigt, daß er »jetzt auch dabei« sei. Er hatte gesagt, daß sie später sicher keine Zeit zum Reden hätten. Und wenig später hatte Winter das Ritual am See beobachtet.

Wenn Klaasen aber Teil des Zirkels war und allein aufgrund der Tatsache, daß er Winter in diesem Landhaus nach über zehn Jahren wiedergetroffen hatte, davon ausging, daß Winter »jetzt auch dabei« war, dann ließ das keinen anderen Schluß zu, als daß dieser Zirkel von Korff initiiert war. Vorausgesetzt natürlich, Winters Vermutung stimmte und Korff war damals Leiter des Seminars gewesen.

Vielleicht wollte Klaasen aussteigen. Vielleicht mußte er deswegen sterben. Und vielleicht hatte Winter seinen Tod sogar indirekt verschuldet, weil ihm sein Besuch und die Erwähnung der Videobänder angst gemacht hatten.

Dann war Lilly möglicherweise auch keine Rächerin, sondern eine Art Gefangene von Korff, die er sich gefügig gemacht hatte. Ihm fiel dieser amerikanische Psychopath ein, ein angesehener Geschäftsmann, der Mädchen ohne soziale Strukturen, meist Obdachlose oder Prostituierte, mit Geld köderte, in seine Jagdhütte brachte, folterte, vergewaltigte und dann nackt im angrenzenden Wald zu Tode hetzte.

Die erbeuteten Trophäen – Armbänder, Ketten, Tücher – bewahrte er in einem Tresor auf, die Leichen verscharrte er im Wald.

Und Korff? Waren alle Seminare, die er damals gegeben hatte – und vielleicht noch immer gab – nichts anderes als gut getarnte Menschenjagden? Zwang er am Ende jedesmal Teilnehmer dazu, die Jagd zu filmen?

Nein. Lilly konnte nicht Teil des Zirkels sein. Es sei denn, sie war zum Schein eingestiegen, um Korff auf die Schliche zu kommen. Dann hatte sie das erste Video vielleicht sogar selbst aufgenommen. Und jetzt, da sie genug Material hatte, begann ihr Rachefeldzug.

Winter war fest davon überzeugt, daß sie auch für die Einladung der Agentur zum Pitching verantwortlich war. Daß sie ebenso dafür sorgen würde, daß Oswald & Bell den Etat gewannen. Wie auch immer.

Er durchsuchte seine Taschen nach einer Zigarette. Was sprach eigentlich dagegen, daß sie auch mit Korff ins Bett ging, um ihre Ziele zu erreichen? Wenn sie abgebrüht genug war, mit Winter zu schlafen, war das alles andere als abwegig. Sicher meinte sie das, als sie von der »besonderen Vereinbarung« mit Korff sprach. Und hatte sie nicht gesagt, daß sie aus dem Nebenzimmer anrufe? Daß er nur gegen die Wand hätte klopfen müssen, weil sein Bett sozusagen neben ihrem Bett gestanden hätte? Das hieß doch, daß sie in genau dem Bett gelegen hatte, in dem Klaasen erschlagen worden war. Wie wahrscheinlich war es dann also, daß sie auch mit Klaasen geschlafen hatte? Daß sie das mit allen ehemaligen Seminarteilnehmern so machte, bevor sie sie umbrachte? Vielleicht war das ihre ganz spezielle Art, ihr Trauma zu überwinden: genau das zu tun, was es ausgelöst hatte?

Möglich, daß das alles nur Hirngespinste waren. Aber sie ergaben ein beängstigend vollständiges Bild. Das Problem war nur, daß Winter nicht daran glaubte. Denn so überzeugend das alles war, so wenig entsprach es seinem Gefühl.

Was, wenn sie doch das Opfer war? Wenn sie irgendwie in diesen Zirkel geraten war und jetzt aussteigen wollte? Wenn Korff sie noch immer in seiner Gewalt hatte? – Dann wäre Winter ihre letzte Hoffnung. Und er war zu dumm, das zu begreifen. Weil er seinen Gefühlen nicht traute. Statt sie ständig zu verdächtigen, sollte er ihr endlich zeigen, daß er auf ihrer Seite war. Daß er zu ihr stand.

Er blinzelte hoch in die Baumkronen, zu den Blättern, die irisierende Muster über den Waldboden warfen, und schloß die Augen. Spürte, wie die Wärme durch seinen Körper flutete. Wie er eins wurde mit dem Boden. Dem Licht. Und als er aufstand und sich am Strand entlang auf den Weg zu Lilly machte, merkte er, wie sein Körper mit jedem Schritt größer wurde.

24

Sie lag da, auf dem Baum, als wäre sie niemals fort gewesen, und er mußte nah herantreten, um sicherzugehen, so sehr schien ihr Körper mit dem Ast verwachsen.

»Es waren zwei Männer da«, sagte sie, ohne ihn anzusehen, »sie haben Fragen gestellt«, und: »Klaasen ist tot.«

Er kletterte zu ihr hoch, legte sich neben sie, auf seinen Ast, und spürte die Wärme der Rinde.

»Laß uns losfahren«, sagte er.

»Ja«, sagte sie, »natürlich.«

Zwei Worte, die alles erfüllten. Die ihn verstummen ließen und jeden Zweifel daran wegfegten, daß sie die Wahrheit sagte. Daß sie wirklich nur ihn wollte.

»Als hätte ich Atemnot«, sagte sie. Und sah ihn zum ersten Mal an.

Es setzte kein Lied ein, als Winter den Zündschlüssel umdrehte. Das Radio war ausgeschaltet. Trotzdem wurde ihm die Explosion des Treibstoffs zur Ouvertüre, Lillys Hand auf seinem Bein; der Moment, in dem die Zeit zusammenfällt, in dem alles nur aus sich selbst heraus existiert, deckungsgleich mit dem Bild, das immer schon da war. Sie würden zusammen wegfahren. Sie würden sich zurücklehnen und die Felder vorbeifliegen sehen, die Kühe, Bäume und den Himmel, der sein Blau nicht verändern würde, selbst nach Stunden nicht, wenn es dunkel würde und sie am Steuer säße, wenn ihm die Augen zugefallen wären und es erst Nacht wäre und dann Tag, wenn sie reden würden oder schweigen, sich berühren würden oder nicht.

»Es waren zwei Männer da«, sagte sie wieder. »Sie haben Fragen gestellt«, und er sagte: »Ja.«

»Ich habe ihnen gesagt, wir haben kein Asthma.«

»Als hätten wir Asthma«, sagte er und fühlte sich plötzlich, als hätte er Jahre geschlafen.

Er wußte nicht, wie lange sie schon unterwegs waren, aber die Landschaft hatte sich kaum verändert: Felder, Wiesen, Straßen, Bäume und der ewiggleiche Himmel, der sich über all das wölbte. Nur war es etwas gebirgiger geworden, und manchmal, wenn sie ausstiegen, spürte er einen leichten Wind, der seine verschwitzte Haut kühlte.

»Wohin fahren wir?« fragte er.

»Interessiert dich das?«

»Nein«, sagte er. »Aber du weißt, wo wir hinfahren.«

»Natürlich«, sagte sie, und es klang nicht so, als wäre ihr das Ziel egal.

An einer Tankstelle hielten sie an.

»Wie weit seid ihr mit der Präsentation?«

Die Frage traf Winter unvorbereitet. Sie hatten noch nie über den Auftrag gesprochen, und es befremdete ihn, daß sie ihm jetzt die geschäftliche Seite ihres Verhältnisses in Erinnerung rief.

Heute war Freitag. Er wußte nicht, wie weit er von der Agentur entfernt war, aber selbst wenn sie auf der Stelle zurückfahren würden, kämen sie erst in der Nacht an. Zwar hatte er Torben gesagt, daß er am Montag die Texte unabhängig von den Layouts präsentieren wolle, aber er hätte sich abmelden müssen. Kurz fühlte er sich schlecht, besonders Tatjana gegenüber.

»Es ist alles vorbereitet«, sagte er. »Die Grafiker arbeiten noch am Wochenende. Meine Arbeit ist abgeschlossen.«

»Und?« fragte sie.

»Was und.«

»Bist du zufrieden?«

»Sicher«, sagte er und sah sie verwirrt an. »Ich dachte nicht, daß dir das wichtig ist.«

»Ist es auch nicht«, sagte sie. »Ich frag nur.«

Sie stiegen aus und kauften Wasser, Obst und Zigaretten. An der Kasse hätte Winter gern zwei Glückskekse aus dem Plastikbehälter genommen.

Aber er hatte Angst vor dem, was er darin finden würde.

»Bist du gestern eigentlich die ganze Nacht gefahren, während ich geschlafen habe?« fragte er, als sie wieder im Auto saßen.

»Ja«, sagte sie und sah weiter auf die Straße.

»Und du bist nicht müde?«

»Nein.«

»Heute übernachten wir in einem Hotel. Oder ich übernehme ...«

»Nicht nötig«, sagte sie. »Wir sind bald da.«

Bäume wischten an den Seitenfenstern vorbei wie in einer Endlosschleife; seit Stunden fuhr sie nur noch über Landstraßen, und Winter sagte, »ich weiß alles über dich.«

»Was?« fragte sie.

»Ich weiß, wer du bist. Was geschehen ist. Ich weiß, was du getan hast und was du vorhast. Und es ist mir egal, verstehst du? Es ist mir egal, solange ich nur bei dir bin.«

Sie lachte. »Du weißt also, wer ich bin?«

»Ja. Und ich weiß auch, daß du weißt, wer ich bin. Es tut mir leid«, sagte er. »Du mußt mir glauben, daß ich mich nicht mehr ...«

Sie fuhr an den Straßenrand und sah ihn an.

»Willst du mit mir schlafen?« fragte sie. Und zog sich das T-Shirt über den Kopf, ohne eine Antwort abzuwarten.

25

Danach ging es Winter besser. Jedesmal, wenn er mit ihr schlief, fiel der ganze Spuk von ihm ab. Es gab dann keine Verschwörung mehr, keine Lügen, keine Schauergeschichten. Zwar gab es immer noch einen Toten, zwei Videokassetten und einen Zirkel. Es gab noch immer Verknüpfungen, die nicht bloß Zufall sein konnten. Aber er schaffte es, Lilly und sich aus den Ereignissen herauszuhalten. Sich andere Varianten zurechtzulegen. Zum Beispiel fand er es plötzlich einleuchtend, daß Korff Klaasen getötet hatte. Wenn Klaasen aussteigen wollte und Korff Chef des Zirkels war, hatte er ein eindeutiges Motiv.

»Was glaubst du«, fragte er und bemühte sich, möglichst beiläufig zu klingen, »wer hat Klaasen umgebracht?«

»Du«, sagte sie, ohne zu zögern.

»Was?«

»Du«, wiederholte sie.

Er mußte lachen. »Und wie kommst du darauf?«

»Ich habe es gesehen«, sagte sie, und plötzlich tat sie ihm leid. Er hatte nicht gewußt, daß sie jeden Bezug zur Realität verloren hatte.

»Was hast du gesehen?« fragte er wie ein Vater, der seiner Tochter erklären will, daß es keine Gespenster gibt.

»Ich habe gesehen, wie du nachts aufgestanden bist, das Zimmer verlassen hast und nach wenigen Minuten zurückkamst. Ich dachte, du hättest nur Zigaretten geholt. Aber dann hast du geduscht. Und als die beiden Polizisten da waren, wußte ich, was du getan hast.«

»Lilly«, sagte er. »Ich bin nicht aus dem Zimmer gegangen. Ich lag die ganze Nacht neben dir. Und als ich aufgewacht bin, warst du weg.«

»Du hast ihn mir einfach reingesteckt«, sagte sie. »Du hast ihn mir reingesteckt, nachdem du Klaasen erschlagen hattest«, sagte sie, und ihre Stimme war frei von jedem Vorwurf.

Als er das nächste Mal die Augen öffnete, waren sie in einem Tunnel. Eine schmale Kette orangefarbener Lichter flog über ihre Köpfe, und erst nach Minuten wurde der Ausgang sichtbar, ein gleißender Halbkreis, der sich über sie stülpte, und Winter brauchte eine Weile, um zu erkennen, daß die Landschaft sich verändert hatte. Vereinzelt standen jetzt Zypressen an den Wegen, und wie aus einem überbelichteten Film tauchten Steinhütten auf, denen Wände fehlten.

»Wir sind bald da«, sagte sie wieder, und der Ausdruck in ihrem Gesicht erinnerte ihn an das Lächeln von Delphinen.

Sie fuhren an einem Steinbruch entlang, in dem Raps blühte, aber es arbeitete niemand darin.

»Wußtest du, daß Delphine die einzigen Tiere sind, die sich lieben, weil sie Spaß daran haben?« fragte er und sah hinter dem Abhang etwas aufblitzen.

»Delphine töten sich gegenseitig«, sagte sie. »Aber vielleicht sind das die einzigen Tiere, die dabei lächeln.«

Er hatte sich nicht getäuscht. Das war das Meer, das er gesehen hatte. Über die Felswände hatte man grobmaschige Gitter gespannt, damit keine Steine auf die Straße fallen konnten, und rechts vor ihnen lag das Meer.

»Wir fahren ans Meer«, sagte er, als würde er ein Gedicht vortragen.

»Wir fahren in die Nähe«, sagte sie.

Die Straße wand sich eng an der Felswand hoch, und hinter Lilly sah er den Himmel, der durch eine schroffe Kante von der Straße getrennt war. Wenn ihnen jetzt jemand entgegenkam, dachte Winter und betrachtete ihr Gesicht, über das ihre Haare flatterten wie ein zerrissener Vorhang.

»Du fährst schnell«, sagte er.

»Du hast Angst«, sagte sie. »Dabei sollte ich Angst haben. Schließlich sitze ich neben einem Mörder.«

Er wußte nicht, ob sie das wirklich glaubte oder ob sie sich über ihn lustig machte, aber das war ihm egal. Wichtig war nur, daß er neben ihr saß. Sollte sie ihn für einen Mörder halten. Sollte sie doch vollkommen wahnsinnig sein.

»Aber du bist die Mörderin«, setzte er an und merkte, daß er jetzt selbst anfing, das Ganze als Spiel zu betrachten, in dem es nicht länger ums Gewinnen ging, sondern einzig darum zu spielen.

»Und?« fragte sie. »Werde ich dich auch umbringen?«

»Deswegen bist du hier, oder?«

Sie trat auf die Bremse, stellte den Motor ab und löste den Sicherheitsgurt. Die plötzliche Stille erschreckte ihn. Das Fehlen der Fahrgeräusche. Der Steine, die unter den Reifen knallten.

»Genau«, sagte sie und beugte sich nah an sein Gesicht. »Deswegen bin ich hier.«

Er konnte ihren Atem riechen und hatte plötzlich Angst vor dem, was in ihrem Blick war, hatte Angst vor ihrer Schönheit, die ihn körperlich schmerzte.

»Ich will dich«, sagte er, und es gefiel ihm, sie nicht anzufassen. Zu versuchen, das auszuhalten.

»Du bist ein Dummkopf«, sagte sie.

Hinter ihnen begann ein Wagen zu hupen.

Lilly stieg aus. Er wollte ihr folgen, aber der Wagen stand so nah an der Felswand, daß er die Tür nur einen Spaltbreit hätte öffnen können. Er sah sich um. Lilly stand vor der Kühlerhaube des anderen Autos, die Haare fielen ihr auf den Rücken, und er hatte keine Ahnung, was sie da tat. Auch konnte er das Gesicht des Fahrers nicht erkennen. Sie schien ihn anzusehen, aber sie machte nichts. Dann drehte sie sich wieder um und stieg in den Wagen.

»Und du?« fragte sie. »Wirst du mich töten?«

»Lilly«, sagte er, und sie drehte den Zündschlüssel um.

Nach einer Weile war der Wagen hinter ihnen verschwunden. Aber statt in Richtung Meer zu fahren, steuerte sie weiter den Berg hinauf.

Winter fragte sich, was sie vorhatte. Es war keine neugierige und auch keine ängstliche Frage, eher analytisches Interesse. Seitdem er wußte, daß sie nicht zurechnungsfähig war, unterstellte er ihr weder böse Absicht, noch hatte er Angst vor einem Komplott. Er fragte sich einfach, was ihr als nächstes einfallen würde.

»Was hast du eigentlich vorher gemacht?« sagte er ohne besonderen Grund. »Ich meine, bevor du zu Korff gekommen bist. Was hast du da gemacht?«

»Ich habe in einem Blumenladen gearbeitet«, sagte sie.

»Du hast Blumen verkauft?« Er konnte sie sich überall vorstellen, nur nicht in einem Blumenladen.

»Nein. Ich habe Karten geschrieben.«

Sie bog rechts ab und fuhr ein kurzes Stück durch einen Pinienwald. Dann hielt sie den Wagen an.

»Von hier aus müssen wir laufen«, sagte sie und ging voraus, ohne auf ihn zu warten.

Der Wald war nicht besonders dicht, aber Winter

hatte Mühe zu erkennen, wo sie hinging. Es dauerte eine Weile, bis er sie eingeholt hatte, der Wald lag an einem Steilhang, und Winter bekam Probleme mit seiner Atmung. Kurz bevor er sie erreicht hatte, inhalierte er zweimal. Er achtete darauf, dabei außerhalb ihrer Hörweite zu sein.

»Was meinst du damit, du hast Karten geschrieben?« fragte er, als er neben ihr ging.

»Grußkarten«, sagte sie. »Glückwünsche, Liebeserklärungen, Beileidsbekundungen. Das ganze Zeug. Ich war dafür zuständig, bestellte Texte auf Karten zu schreiben, die zusammen mit den Blumen überreicht werden sollten.«

»Du hast Liebeserklärungen an Leute geschrieben, die du nicht kanntest?«

»Von Leuten, die ich genausowenig kannte. In einer fremden Handschrift. Ich liebe dich. Fred ist tot. Wir trauern.«

»Schön.«

»Was, schön?«

»Die Vorstellung, daß du entschieden hast zwischen Leben und Tod.«

»Herrgott«, sagte sie, »ich habe nichts entschieden. Ich habe Texte abgeschrieben, weiter nichts.«

Es fiel ihm schwer, mit ihr Schritt zu halten. Sie stieg den Hang mit einer Leichtigkeit hinauf, die ihn verwunderte, und kurz dachte er, sie macht das absichtlich; kurz dachte er wieder, sie wolle ihn dazu zwingen, sein Spray zu benutzen, denn das mußte in ihren Augen der letzte Beweis dafür sein, daß er Klaasen umgebracht hatte. Er hielt es durchaus für möglich, daß allein die Tatsache, daß sie seinen Inhalator in Klaasens Zimmer gelegt hatte, sie im nachhinein davon überzeugte, daß er der Mörder war, und was ihn an all dem erschreckte, war, daß selbst diese Gedanken eine tiefe Zärtlichkeit in ihm auslösten, daß sie durch all das in seinen Augen nur noch mehr zum Opfer wurde, zum Opfer ihrer selbst. Aber es war gleichgültig, was er dachte, egal, ob sie nun eine Mörderin war oder mit all dem nichts zu tun hatte: Sie war seine Rettung, und wieder fiel ihm ein, daß er so bald wie möglich seine Frau anrufen mußte; er dachte daran wie an einen lästigen Termin.

26

Es hatte eine Entführung werden sollen. Bonnie und Clyde. Irgendsowas. Er wollte mit ihr weg, aber das war nichts als ein spontaner Impuls gewesen, ein drängendes Verlangen, ohne jeden Plan. Und jetzt lief alles aus dem Ruder. Jetzt hatte sie das Kommando übernommen. Jetzt lotste sie ihn durch diesen Wald auf etwas zu, von dem er nicht wußte, was es war, und er vermutete, daß sie das immer gewollt hatte. Daß von Anfang an alles genauso geplant gewesen war. Seit ihrer ersten Begegnung war er nichts als ihre Marionette gewesen; jeden Schritt, den er tat, machte er, weil sie es so wollte, jeder Triumph, der ihn beflügelte, war von Lilly kalkuliert. Im Gegensatz zu ihm wußte sie genau, was sie tat. Er hatte nie die Kontrolle gehabt, und erst jetzt, als ihm das bewußt wurde, begann er, sich damit abzufinden, jede Verantwortung für das, was geschehen würde, ihr zu überlassen, auch wenn sie nicht zurechnungsfähig war, und wie ein Kind, das zum ersten Mal ins Ferienlager fährt, sagte er: »Wir haben doch gar keine Sachen mit« und »wie lange bleiben wir denn?«

»Morgen fahren wir zurück«, sagte sie, und Winter merkte, daß er enttäuscht war. Aber sie hatte recht: Es war unvernünftig, länger zu bleiben. Montag war die Präsentation, und wenn sie morgen zurückfuhren, würden sie erst am Sonntag ankommen. Winter hatte dann ohnehin nur noch wenige Stunden für die Texte. Und zusammen wegfahren konnten sie noch, so oft sie wollten.

An einer Lichtung blieb Lilly stehen.

»Laß uns eine Pause machen«, sagte sie und legte sich ins Gras. »Wir sind sowieso noch zu früh.«

»Zu früh für was?« fragte er.

»Anzukommen.«

Winter setzte sich neben sie, aber sie sagte »nein« und »steh wieder auf. Ich möchte, daß wir uns ausziehen.«

»Hier?« fragte er.

»Es sieht uns niemand.«

Er war erschöpft und verwirrt, aber es war ihm recht, seine durchgeschwitzten Sachen auszuziehen, und als er sah, daß Lilly ihr Kleid abstreifte, zog auch er sich aus.

»Und jetzt?« fragte er.

»Geh bitte in den Wald und warte, bis ich dich rufe«, sagte sie in einem Ton, der ihn verstehen ließ, daß es um anderes ging als um Sex.

Er bemühte sich, nicht weiter zu fragen, drehte ihr den Rücken zu und ging langsam in Richtung der Bäume.

Drei.

Vier.

Automatisch begann er zu zählen. Wie damals auf dem Seminar, als Sebastian ihn aufgefordert hatte, sich mit dem Gesicht zur Wand zu stellen.

Sieben.

Acht.

Er hatte den Wald erreicht. Ging noch ein paar Schritte weiter und stellte sich dann an einen dicken Stamm.

Langsam drehte er sich um. Sie lag nackt auf dem Rücken, Arme und Beine von sich gestreckt. Der Anblick erschreckte ihn.

»Soll ich jetzt kommen?« fragte er, aber sie sagte nichts, und je länger sie nichts sagte, desto unwohler wurde ihm.

Plötzlich bekam er Angst davor, daß sie tot war. Er wußte nicht, warum, aber er hatte das Bedürfnis, auf sie zuzulaufen und zu hören, ob sie noch atmete, und als er glaubte, eine Bewegung ihres Armes wahrzunehmen, ein leichtes Zucken, mit dem man Fliegen verscheucht, sah er darin das Zeichen für sich, zu kommen; wie von einer inneren Faust gepackt rannte er los, rannte über Steine, Nadeln und Äste und merkte nichts unter seinen Füßen, er rannte und spürte sein Herz im Hals schlagen, er fixierte sie, fünfzig Meter noch, *ich bin gleich da, Lilly, bin gleich bei dir*, und auf einmal, kurz bevor er sie erreicht hatte, verstand er.

Selbst in ihre letzte Falle war er getappt. Er war dieser plumpen Inszenierung auf den Leim gegangen wie ein Idiot. Schon in dem Moment, in dem sie das Steuer übernommen hatte, hätte er es wissen können. Spätestens, als sie durch das Gebirge gefahren waren, hätte er sich erinnern müssen: Sie waren auf dem Weg zu der Holzhütte, in dem damals das Seminar stattgefunden hatte. Und Lilly lag jetzt vermutlich an der Stelle, an der er vor zehn Jahren über sie hergefallen war.

»Habe ich dich vielleicht schon gerufen?« fragte sie, und er hatte unbändige Lust, ihr wehzutun. Ihren dünnen weißen Hals zu umfassen und zuzudrücken. Zuzudrücken, bis sie sich nicht mehr regte.

»Nein«, sagte er. »Du hast mich nicht gerufen. Aber ich bin hier, siehst du? Ich bin hier, und das wolltest du doch, oder?«

Sie starrte ihn an, als hätte sie einen Fremden vor sich. Der anfangs verärgerte Ausdruck wich aus ihrem Gesicht. Sie hatte jetzt Angst, das sah er deutlich.

»Weißt du was?« sagte er und umfaßte mit beiden Händen ihre Hüften. »Allmählich beginnt mir dein Spiel zu gefallen.«

Er preßte seinen Mund auf ihren Mund und drang in sie ein. Lilly stieß einen unterdrückten Laut aus.

»Hat es sich so angefühlt, damals?« fragte er. »Bist du jetzt zufrieden? Mich endlich da zu haben, wo du mich hinhaben wolltest?«

Sie warf ihren Kopf hin und her, als wollte sie ihn abschütteln, aber er hielt ihr mit einer Hand den Mund zu und drückte ihren Kopf auf den Boden.

»Hat Klaasen dich um Vergebung gebeten? Dich um sein Leben angefleht? Hat dir das Spaß gemacht, ihn winseln zu hören?«

Sie biß ihm in die Hand. Winter zuckte zurück, und das reichte ihr, um ein Knie zwischen seine Beine zu stoßen; es reichte, um ihn von sich abzuschütteln, ihn stöhnend am Boden liegen zu lassen.

»Du hast sie ja nicht mehr alle«, sagte sie und stand auf. »Du bist ja vollkommen durchgeknallt.«

Winter drehte sich auf den Rücken und sah in den Himmel, vor dem sich Dunst gebildet hatte. Die Hitze war stechend geworden.

27

Es sei nicht so, wie er denke, sagte sie. Überhaupt, er verwirre sie. Ob er nicht klar sagen könne, was er wolle. Wovon er überhaupt rede. Er solle sie endlich ansehen. Das mache ihr angst. Außerdem, sagte sie, könne sie ja gar nicht sicher sein, ob er Klaasen umgebracht hätte, sie habe sich das vielleicht nur so zusammengedacht. Ob er vielleicht endlich damit aufhören könne, aufs Meer zu starren, das mache sie ganz verrückt. Ob er ihr jetzt den ganzen Tag verderben wolle; er wirke ja fast so, als würde er das alles ernst nehmen.

Ob er sich jetzt endlich zu einer Entscheidung durchgerungen habe.

Ja.

Ob er ihr diese Entscheidung mitteilen wolle.

Sicher.

Winter drehte den Kopf in ihre Richtung. Direkt

hinter ihr ging ein Brautpaar die Stufen hoch: Er hielt ihre Hand und half ihr mit der Schleppe. Sie lächelte und achtete auf jeden ihrer Schritte. Darauf, daß das Lächeln nicht aus ihrem Gesicht rutschte. Daß die Kameras keine Chance hatten, eine Blöße zu entdecken.

»Ich weiß nicht, was mit mir los ist«, sagte er.

Winter hätte sich gern auf den Boden geworfen und geschrien, bis alles vorbei war. Statt dessen hielt er dem Kellner sein leeres Glas hin.

»Glaubst du, es gibt noch Gewitter, heute?« fragte er.

»Lenk nicht ab.«

»Es sieht danach aus.«

Er wischte sich mit der Serviette über die Stirn.

»Ich habe Korff nicht umgebracht«, sagte sie langsam. »Und ich plane auch nicht, dich umzubringen. Ich wollte mit dir ans Meer fahren«, sagte sie. »Das ist alles.«

»Ich weiß«, sagte er. »Ich habe dich für jemand anderen gehalten.«

Der Himmel war schneller geworden. Die Dunstschicht wehte vor der Sonne her wie ein Schleier.

»Das glaube ich nicht«, sagte sie, und Winter leerte ihr Glas, ohne abzusetzen.

Sie hatten sich neue Sachen gekauft, in dem Ort. Schweigend hatte sie Kleider anprobiert und er Anzüge. Sie war nicht mit ihm zu der Hütte gegangen, von einer Hütte wisse sie nichts. Sie habe ihm nur eine Stelle zeigen wollen, an der sie als Kind oft gewesen sei; gegen Abend leuchte die Landschaft da in so unbeschreiblichen Farben. Allerdings hätte sie jetzt keine Lust mehr, mit ihm dorthin zu gehen, nachdem er sich derart aufgeführt habe.

In einer kleinen Boutique hatte er ihr einen Badeanzug gekauft, weil sie noch im Meer schwimmen wollte, bevor sie zurückfuhren. Die Verkäuferin war eine alte Frau gewesen, die pausenlos rauchte und ihren Kopf durch den Vorhang steckte, während Lilly sich umzog. Sie starrte auf Lillys Brüste und nannte sie »carina«, mit der tiefen, rauhen Stimme alleingelassener Frauen, und in dem Moment wurde ihm klar, daß das nicht sein konnte. Das war kein Pinienwald gewesen, damals. Das waren Blätter auf dem Video. Nichts als Blätter an den Bäumen.

Auf Zuruf hatte er ihr Badeanzug um Badeanzug in die Kabine gereicht, den roten, den gelben, bis sie einen gefunden hatte, und als sie gemeinsam zur Kasse gingen, hatte er zum ersten Mal das Gefühl gehabt, daß sie ein Paar waren.

Natürlich war sie dieses Mädchen gewesen. So sehr hatte sie sich nicht verändert, in den Jahren. Nicht so sehr, daß er sie nicht erkannt hätte. Und trotzdem glaubte er ihr. Daß sie es nicht war. Daß sie von nichts wußte. Sich nicht erinnerte. Es gab keinen Widerspruch mehr für ihn. Auf wunderbare Art fügte sich alles, und wie unter einem Stroboskop wurde ihr Gesicht von zahllosen Blitzen getroffen. Das Licht prasselte auf das Brautpaar ein wie Trommelfeuer, geduckt stiegen sie die Treppe hoch zum Buffet.

Blitzlicht. Sie benutzten Blitzlicht. Obwohl die Sonne noch über dem Meer hing.

»Es ist wegen des Gegenlichts«, murmelte er, wie um sich selbst etwas zu erklären, das er nicht verstand.

»Laß uns aufs Zimmer gehen«, sagte sie. »Ich will mich vor dem Abendessen noch umziehen und duschen.«

Es war ihre Idee gewesen, das Hotel zu nehmen. Eine weitläufige Anlage mit zahllosen Terrassen, Gärtchen, Innenhöfen. Sogar ein Privatstrand gehörte dazu.

Er nahm die Plastikkarte, an der der Schlüssel hing, und steckte sie in den Schlitz für die zentrale Stromversorgung. Die Lampen blendeten langsam hoch, tauchten den Raum in ein cognacfarbenes Licht. Ein kurzes Gefühl der Erhabenheit erfüllte Winter. Ein lächerlicher Stolz darauf, finanziell unabhängig zu sein.

Ohne sich umzusehen, riß Lilly die Tagesdecke vom Bett, warf sich mit dem Rücken auf die Matratze und schloß die Augen. Winter stellte die Tragetaschen auf einen Stuhl und zog ihre neuen Sachen heraus. Er hörte es zweimal dumpf plumpsen, als Lillys Schuhe zu Boden fielen.

»Ich dachte, du wolltest duschen«, sagte er und begann, die Plastikhalterungen für die Pappschilder mit den Zähnen abzureißen. »In einer halben Stunde ist der Tisch bestellt.«

Sie sagte nichts, gab aber eine Art Brummen von sich. Winter klemmte ein Perlon-T hinter die Schneidezähne, hielt das andere Ende an dem eingenähten Label fest und zog daran, bis es knackte.

»Ich muß nochmal telefonieren«, sagte er. »Aber wenn du mit dem Duschen fertig bist, können wir gehen.«

Lilly drehte sich über die Seite aus dem Bett und ging ins Bad. Er wußte nicht, warum er das gesagt hatte, dazu in der Art, in der untreue Ehemänner behaupten, sie hätten noch einen wichtigen Termin, aber ein bißchen fühlte er sich auch so. Er zog sein Jackett an und ließ das Handy in die Tasche gleiten. Den Schlüssel drehte er zweimal im Schloß, nachdem er die Tür geöffnet hatte, dann steckte er die Plastikkarte zurück in den Schlitz für die Stromversorgung und lehnte die Tür an. Aus dem Badezimmer klang die Dusche wie ein tropischer Wasserfall.

Als er aus dem klimatisierten Zimmer nach draußen trat, füllten sich seine Lungen mit feuchter Hitze. Die Luft war vollkommen unbewegt, und während er über den kleinen Steinweg auf eine Wiese zuging, glitten zwei Eidechsen unter seinen Sohlen hindurch wie Quecksilber.

Es dauerte lange, bis er ein Netz bekam. Winter drückte auf Wahlwiederholung, zweimal, die Nummer des Ferienhauses erschien, aber er wurde von seiner Mailbox unterbrochen. Zwei neue Nachrichten. Tatjana und seine Frau. Beide klangen nicht mehr verärgert, sondern besorgt, fast ängstlich; Tatjana mehr noch als seine Frau.

Er sah etwas Dunkles am Horizont heraufziehen, als er ihre Nummer wählte. Tatjanas Nummer.

Wo zum Teufel er sei, fragte sie. Ob er überhaupt eine Vorstellung davon habe, was in der Agentur ...

»Eine lebhafte Vorstellung sogar«, sagte er.

Es tat gut, ihre Stimme zu hören, er ließ sich in ihre Fürsorge fallen wie in ein Schaumbad.

Sie brauche sich keine Sorgen zu machen, sagte er nach einer Weile. Er habe alles im Griff und würde sie am Montag rechtzeitig von der Agentur abholen. Und Torben könne sie ausrichten, er solle schon mal den Champagner kaltstellen.

Sie seufzte.

»Tatjana?« fragte er. »Was fällt dir zu Leuten ein, die sich mehrere parallel verlaufende Schnitte am Unterarm zufügen?«

»Komm zurück«, sagte sie. »Wo immer du bist.«

Winter spürte, wie ihn ein sentimentaler Schauer durchlief. Eine fast kindliche Form der Zuneigung zu ihr.

»Montag feiern wir«, sagte er. »Dann erklär ich dir alles.«

Er legte auf. Mit seiner Frau zu sprechen schaffte er jetzt nicht mehr, aber das hatte Zeit bis morgen. Das war nichts, was man unter Zeitdruck machte.

Er stieg die Treppen zur Seeterrasse hoch und sah die Wolkenfront, die sich langsam über den Horizont schob.

»Wenn wir beim Essen nicht naß werden wollen, sollten wir uns beeilen«, rief er gegen die geschlossene Badezimmertür. »Das sieht nicht gut aus, da draußen.«

Lillys Stimme mischte sich in das Rauschen der Dusche. »Ich bin gleich fertig«, sagte sie, und Winter zog sich aus und schaltete den Fernseher ein, Pay-TV, Kanal 1. Vielleicht läuft ein guter Spielfilm, dachte er und nahm seinen Anzug, von dem er bereits sämtliche Etiketten entfernt hatte, aus der Tragetasche; er stieg in die Hose und sah das Bild aus dem Landhauszimmer. Das Gemälde mit den Jägern. Im Fernseher.

Es stand eine Weile still, und Winter wartete darauf, daß die Jäger sich bewegten. Die Wolken sich verschoben. Daß zumindest die Kamera über das Bild schwenkte oder sich vom Bild wegbewegte. Doch es geschah nichts. Der Gemäldeausschnitt stand starr auf dem Bildschirm.

Dann änderte sich die Einstellung: Lilly und er lagen im Bett und schliefen. Ein monotones Brummen untermalte die Aufzeichnung, sonst war nichts zu hören. Sie lagen beide absolut regungslos da.

»Lilly!« schrie er. »Lilly, bitte komm schnell!«

»Ich bin sofort fertig«, rief sie. »Du kannst reinkommen, wenn du willst.«

Winter drückte weiter. Er hatte Herzrasen. Tom Cruise stieg in ein Kampfflugzeug. Er schaltete zurück. Sah wieder Lilly und sich im Bett liegen. Eine vollkommen ruhige Einstellung. Die Kamera mußte auf einem Stativ gestanden haben. Oder sie war irgendwo versteckt gewesen. Eine Überwachungskamera. Darauf ließ auch die schlechte Bildqualität schließen.

Plötzlich bewegte sich etwas. Winter wachte auf. Er sah sich selbst aus dem Bett gehen und das Zimmer verlassen. In Unterhosen.

»Was ist denn mit dir?« rief Lilly aus dem Bad. »Ist etwas passiert?«

»Nein«, antwortete er, »gar nichts«, und schaltete wieder zu Tom Cruise und dann nochmal zurück; das Bild war weg, der Bildschirm war schwarz, und eine pinkfarbene Schrift darauf bat um etwas Geduld, der Film fange in wenigen Augenblicken an.

28

Als sie nach draußen traten, ging ein leichter Wind. Die Dunstschicht hatte sich verdichtet, dahinter leuchtete die untergehende Sonne wie durch Milchglas. Die schwarze Front war weiter über den Horizont gekrochen und bedeckte jetzt einen Großteil des Himmels. Kellner trugen fertig gedeckte Tische aus dem Garten in den Saal, man könne bald Platz nehmen, entschuldigte sich einer, aber das wolle man den Gästen nicht zumuten; mit schiefem Blick nach oben duckte er sich unter dem Himmel wie ein Junge, der Ohrfeigen befürchtet, und Lilly nahm Winters Hand und zog ihn die Stufen rauf, hoch auf die Seeterrasse, die inzwischen völlig verlassen dalag. Auch die Hochzeitsgesellschaft hatte mittlerweile die Flucht ergriffen und war in einen der Festsäle ausgewichen; sie waren allein da oben: er im dunklen Anzug und Lilly in ihrem neuen Kleid, allein mit dem Meer und den Wolken und den verlassenen Sonnenschirmen. Die Luft roch nach aufgeheizten Steinen, von denen Wasser verdampft, und sie drückte seine Hand und lächelte. Es war, als würde die angestaute Hitze der letzten Wochen endlich weggefegt.

Sie traten nah an das steinerne Geländer, das ihnen bis zur Hüfte reichte, und richteten den Blick auf die anthrazitfarbene Wolkendecke, die auf sie zukam wie die Tragfläche eines übergroßen Flugzeugs.

»Du warst nicht dabei«, sagte sie. »Du warst nicht dabei, weil du nicht mehr konntest«, und er sah sie an und verstand. Verstand alles.

»Du lagst neben mir, keine zwei Meter entfernt, und hast kaum mehr Luft gekriegt. Als alles vorbei war, habe ich mich zu dir gelegt. Ich dachte, du stirbst. Ich dachte, wir gäben ein gutes Paar ab«, sagte sie. »Dann bist du eingeschlafen, und ich habe dein Gesicht angesehen. Ich dachte, du wärst tot. Ich glaubte, du würdest nicht mehr atmen, und ich bin neben dir liegen geblieben. Bis du dich wieder bewegt hast. Dann bin ich weggerannt.«

»Und jetzt bist du zurückgekommen.«

»Ich bin zurückgekommen, weil ich ...«

»Du dachtest, ich wäre tot?«

»Ja«, sagte sie.

Der Wind wurde stärker. Zwischen dem Meer und der Wolkenschicht zeichneten sich feine Verbindungslinien, dunkle Pinselstriche, die zum Meer hin zerstoben.

Es war sein erster Anfall gewesen, damals. Vor dieser Nacht hatte er niemals Probleme mit seiner Atmung gehabt, und nach dem Seminar waren die Anfälle stündlich gekommen. Später nur noch, wenn er sich unter Druck gesetzt fühlte.

»Wozu das Video?« fragte er.

»Du solltest wissen, wer ich bin.«

»Und Korff?«

»Korff ahnt es.«

»Wer hat uns in dem Landhaus gefilmt? Und was ist das für ein Zirkel?«

Ein stummer Blitz durchzuckte den Himmel und hinterließ noch für Sekunden ein Abbild auf Winters Netzhaut.

»Wie meinst du das?«

»Es hat uns jemand gefilmt, während wir schliefen. Als ich gerade den Fernseher angestellt habe, lief ein Film über den Videokanal, der uns in dem Bett des Landhauses gezeigt hat.«

Der Donner breitete sich krachend über das Meer. »Ich weiß nichts von einem Video«, sagte sie. »Bist du sicher?«

»Ja.«

»War sonst noch etwas darauf?«

»Nein.« Winter konnte sich nicht erinnern, in der Nacht das Zimmer verlassen zu haben.

»Das ist unmöglich«, sagte sie. »Wer sollte wissen, daß wir hier sind?«

Über dem Wasser stieg Dunst auf. Der Regen verdampfte auf der Oberfläche des Meeres, und Winter rechnete damit, daß das Gewitter bald über ihnen sein würde.

»Laß uns zum Strand gehen«, sagte er und stieg mit ihr die Treppen runter zur Badebucht. Sie zogen Schuhe und Strümpfe aus und liefen gegen den Wind am Wasser entlang.

»Ich würde gern schwimmen«, sagte sie. »Ich würde gern mit dir im Meer sein, wenn es losgeht.«

»Du hast deinen Badeanzug noch auf dem Zimmer«, sagte er.

Sie lachte. »Glaubst du wirklich, uns sieht jemand? Die sind alle froh, daß sie in Sicherheit sind«, sagte sie und drehte sich so, daß er ihr Kleid aufknöpfen konnte; »die Sachen legen wir einfach da rein.«

Sein Blick folgte ihrer Hand und entdeckte etwa hundert Meter vor ihnen eine kleine Holzhütte, direkt an der Mauer, die den Strand von der Straße trennte.

»Die gehört dem Fischer«, sagte er und kniff die Augen zusammen.

Tatsächlich stand da jemand am Meer, und Winter erkannte die Angel und das grüne Licht, das auf dem Wasser tanzte; da, wo der Köder ins Meer hing.

»Was will der hier?« fragte sie, und Winter zog ihr das Kleid über den Kopf.

»Was wird der wollen«, sagte er. »Fische fangen. Oder glaubst du, der sitzt da den ganzen Tag und wartet darauf, daß sich kleine Mädchen vor seiner Nase ausziehen und ins Meer laufen?«

»Vielleicht«, sagte sie und streifte ihren Slip ab.

Das Meer war warm, wärmer als er vermutet hatte; der Sand fügte sich seinen Schritten, und Winters Füße hinterließen Spuren, die sofort wieder verschwanden. Das Wasser der heranrollenden Wellen reichte bis zu seinen Waden, und er dachte an den Tag, an dem er sie wiedergetroffen hatte, den Tag, an dem er seine Füße in die Kloschüssel bei C&S gestellt und abgezogen hatte. Es kam ihm vor, als läge das eine Ewigkeit zurück, dabei war seither nicht mal eine Woche vergangen.

Lilly sprang mit Anlauf ins Meer, und Winter erschrak, als das Wasser gegen seine Haut spritzte.

»Komm rein«, rief sie und tauchte in Richtung Grund; ihr Rücken rollte aus dem Wasser, Beine zappelten durch die Luft, dann war sie weg.

Kurz war alles still, und Winter hatte Angst, daß sie nicht wieder auftauchen, daß das Meer sie für immer verschluckt haben könnte. Eine augenblickliche Panik riß in seinem Bauch, als er sie sich vorstellte, vom Wasser sanft bewegt, ihr Fuß eingekeilt am Meeresgrund, und Haare wie vom Wind gekämmtes Seegras, eingesiegelt von absoluter Stille.

Weit von ihm entfernt tauchte sie wieder auf. Ihr Kopf erschien vor der hellen Fläche, die die Wolkenfront ausgespart hatte, ein gigantischer Torbogen, der Blitze schicken und es regnen lassen würde; es sah aus, als formierte sich dieses Unwetter nur für sie, als flöge es auf sie zu wie ein riesenhafter Raubvogel, und Lillys Kopf wirkte lächerlich klein auf dem Meer, ein hoffnungslos schaukelnder Tischtennisball. Es würde keine zwei Minuten mehr dauern, bis es losging, und gern hätte er ihr zugerufen, *gib auf, Lilly, laß uns zurückschwimmen*, aber dann hätte sie ihn ausgelacht.

Als er sie eingeholt hatte, tauchte er unter ihr hindurch, erschien direkt neben ihrem Kopf an der Oberfläche und ließ seine Hände an ihrem Körper entlanggleiten, der kühl war und weiß. Am Strand war die rote Flagge gehißt worden, das Warnsignal, sich vom Meer fernzuhalten; sie schwamm weiter dem Unwetter entgegen, und als sie auf seine Rufe nicht reagierte, schlugen seine Arme und Beine in Panik durchs Wasser. *Erkenne deine Ziele*, dachte er und hatte plötzlich wieder Sebastians Stimme im Kopf: *Götter seid ihr, geboren, um zu siegen*. Sein Körper entspannte sich, und ohne daß er das Gefühl hatte, sich überanstrengt zu haben, war er wieder neben ihr.

Vor ihnen war alles dunkel, das Meer war nicht mehr blau, sondern grau, und dem nächsten Blitz folgte ein ohrenbetäubender Knall.

»Glaubst du, das ist gefährlich?« lachte sie wie ein übermütiges Schulmädchen, »glaubst du, wir werden vom Blitz getroffen, weil wir jetzt die höchste Erhebung sind und dem Himmel am nächsten?«

Eine signalrote Boje tauchte vor ihnen auf. »Halt dich daran fest«, rief er, seine Hand griff nach dem Eisenring, und wie aus dem Nichts prasselte Regen los, der das Meer sprudeln ließ wie kochendes Wasser.

»Nein«, schrie sie, »komm weiter«, und als er ihr Gesicht sah, durch einen Grauschleier aus verdampfendem Wasser, befiehl ihn plötzlich ein schrecklicher Verdacht.

Es würde wie ein Badeunfall aussehen. Er war Asthmatiker, und es war nur eine Frage der Zeit, wann er nicht mehr weiter konnte. Wann die Strömung zu stark wurde.

Winter klammerte sich an die Boje und befürchtete plötzlich, daß sie zurückkam, wenn sie feststellte, daß er ihr nicht folgte, daß sie zurückkam und ihm den Halt entriß, daß sie ihm zwischen die Beine trat, wie sie es auf der Lichtung getan hatte, ihn unter Wasser zwang und auf eine Panikattacke hoffte – etwas, das ihn zu einer leichten Beute machen würde.

»Komm mit«, hörte er ihre Stimme, aber vielleicht bildete er sich das nur ein, vielleicht hatte sie etwas ganz anderes gesagt oder gar nichts; das Prasseln des Regens verschluckte alles, und Winter spürte, wie kalt der Griff war, an dem er sich festhielt.

»Lilly!« schrie er, denn ihr Kopf war jetzt beinahe vollständig im Gewitterdunst verschwunden, in der Gischt des Platzregens, und als er sie nicht mehr sah, entwich ein seltsames Heulen seiner Kehle, fremd und rauh. Winter war umgeben vom dunklen Dunst des Meeres, erkannte weder Horizont noch Ufer, und außer dem Regen, der jetzt wie ein abbrennender Streichholzkopf klang, hörte er nichts mehr.

29

Schwarze Flecken tanzten vor seinen Augen. Der Fischer hatte sich nicht von der Stelle bewegt, und das Licht seiner Angel ruhte grün über dem Wasser, als hätte es einen Sturm nie gegeben. Winter schwamm auf das Licht zu. Er fragte sich, ob der Fischer sie beobachtet hatte. Ob er gesehen hatte, wie Lilly plötzlich wieder neben ihm aufgetaucht war, wie sie versucht hatte, ihn zu umklammern. Von weitem mußten sie ausgesehen haben wie ein übermütiges Liebespaar.

Er hörte seine Schwimmzüge in der Stille, die jetzt, als alles vorbei war, intensiver war als zuvor; das Plätschern seines Körpers klang unangemessen laut, und er schämte sich der Plumpheit dieses Geräuschs.

Wenige Meter neben dem Fischer ging er an Land. Die Luft war rein und klar, mit zitternden Beinen stieg er aus dem Meer, und Winter versuchte, das Gesicht des Fischers zu erkennen, der den Kopf unter einer olivgrünen Tropenmütze gesenkt hielt. Zögernd trat Winter ihm entgegen.

»Entschuldigung«, sagte er leise, denn es sah aus, als schliefe er, als schliefe er im Stehen, zumindest waren seine Gedanken woanders.

»Haben Sie ein Mädchen gesehen, ist sie hier gewesen?«

Der Mann rührte sich nicht und sagte: »Nein. Kein Mädchen. Sie sind allein.«

Er sprach sehr langsam, seine Stimme war fest und tief, und Winter sah in das grüne Licht auf der Wasseroberfläche.

Sebastian.

Das war Sebastians Stimme gewesen. Winter lag auf dem Bett und atmete schnell. Er versuchte, sich auf einen Punkt zu konzentrieren, den Anfall zu verhindern.

Dreiundzwanzig. Vierundzwanzig.

Ruhig atmen.

Fünfundzwanzig. Sechsundzwanzig.

Das ist nicht wahr.

Achtundzwanzig.

Die Fernbedienung. Kanal Eins.

Ein sattes, magnetisches Geräusch. Das war ein Traum. Nichts als ein Traum. Seine Atemzüge wurden schmerzhaft. Das Bild erfüllte in Sekundenbruchteilen den Monitor. Lilly und er auf dem Bett. Lilly, die sich an ihn klammerte. Die ihn hinabzog in die

Tiefe. Wir werden schlafen, sagte sie gegen den Regen in sein Ohr, und sein Mund, der voll Wasser lief, Sebastians Stimme unter der Oberfläche. Die Angst, keine Luft mehr zu bekommen. Und sein verzweifeltes Strampeln gegen ihren Leib, die Schläge gegen Klaasens Körper, bis er endlich still lag und Blut sich über die Laken breitete wie Tinte über Löschpapier. Das entsetzliche Gefühl, seine Lunge aufzupumpen. Nicht mehr ausatmen zu können. Sauerstoff, der sich in Stickstoff wandelte. Und endlich seine Hand, die die Kette zu fassen bekam.

Auftauchen.

30

Sebastian Korff hatte die Hände über dem Schoß gefaltet. Er sah zufrieden aus. Seine eisblauen Augen ruhten auf Winter wie die eines Lehrers, der seinen Lieblingsschüler ein Referat halten läßt und schon vor dem Ende weiß, daß das Ergebnis beeindruckend sein wird. Durch die Fensterfront hinter Korff, unter den halb geschlossenen Jalousien, konnte Winter den Wald sehen. Manchmal, wenn sich Korffs Blick von ihm löste, versuchte er, etwas darin zu erkennen. Aber er sah dann nur Bäume, die dicht und grün dastanden und von der Sonne beschienen wurden.

Er legte die nächste Folie auf die Scheibe. Ein neuer Satz erschien auf der Leinwand: »Die Nacht der Könige.«

Winter gab Tatjana ein Zeichen. Ihr Finger tippte kurz auf die Fernbedienung; ein anderes Foto blendete sich unter den Text: Das Infrarotbild eines sich küssenden Paares, das sich eng umschlungen hielt.

»Im Fließtext wird dann zu lesen sein, daß C&S dafür sorgt, daß die Wärme da bleibt, wo sie hingehört«, sagte Winter. »Thema der Anzeige ist also die bedarfsgerechte und effiziente Abgabe von Energie.«

Er spürte Tatjanas Blick von der Seite. Ihr Entsetzen war fast greifbar, und auch Korff mußte das merken.

»Dazu gibt es auch eine Alternative«, fuhr Winter fort und nickte knapp. Tatjana drückte wieder auf die Fernbedienung.

»Falls das mit dem Kuß doch zu gewagt erscheint.«

Er sah aus den Augenwinkeln, daß das neue Motiv auf der Leinwand stand, aber sein Blick ruhte weiter auf Korff. Er wollte jede noch so minimale Regung in seinem Gesicht erfassen, doch Korff blinzelte nicht einmal. Winter bildete sich sogar ein, daß ein feines Lächeln um seine Lippen spielte.

»Und wie erklären Sie mir dieses Bild?« fragte Korff und sah Winter direkt an. Sein Blick war nicht unfreundlich, aus seiner Frage hörte Winter echte Neugierde heraus. Korff war deutlich besser, als er vermutet hatte. Nach all den Jahren noch.

»Das wollte ich eigentlich Sie fragen, Herr Doktor Korff«, sagte Winter. »Was fällt Ihnen zu diesem Motiv ein, was sehen Sie? Vielleicht kommen Sie von selbst darauf, worum es hier geht.«

Winter sah auf die Leinwand. Das hatte Tatjana erstaunlich gut hingekriegt. Wenn er bedachte, daß sie dazu nicht mehr als ein paar Instruktionen von ihm per Handy bekommen hatte, daß sie denkbar schlechtestes Ausgangsmaterial hatte bearbeiten müssen, war das sogar eine Meisterleistung.

»Ich sehe eine Gruppe von fünf Männern, die im Kreis um einen sechsten Mann stehen. Es ist Nacht. Ich kann es nicht genau erkennen, aber ich glaube, der Mann in der Mitte hält etwas in der Hand. Ein Feuer brennt. Die Leute scheinen auf etwas zu warten. Ich weiß nicht. Die Bildqualität ist nicht besonders gut.«

»Auf was, glauben Sie, warten die Männer?« fragte Winter, und Tatjana sah ihn erschrocken an, aber Korff schien die Befragung überhaupt nichts auszumachen. Winter meinte sogar zu spüren, daß er Spaß daran hatte.

»Ich denke, die fünf warten darauf, daß der Mann in der Mitte etwas macht. Er soll ihnen sagen, was sie zu tun haben. Er ist der König der Nacht. Nur er kann auch die anderen zu Königen machen.« Den letzten Satz sprach er aus wie eine Drohung und gleichzeitig wie eine Einladung, er betonte jedes seiner Worte und sah Winter dabei durchdringend an. »Habe ich recht, Herr Winter?«

»Nicht ganz«, sagte Winter. »Bleiben Sie beim Thema. Sehen Sie sich das Feuer an, und sehen Sie sich die Gruppe an.«

Korff rückte seinen Stuhl zurecht und tat, als sähe er noch einmal genauer hin.

»Natürlich«, sagte er, »Sie haben recht. Sicher geht es in dieser Anzeige um Wärme im übertragenen Sinne. Die menschliche Wärme der Gemeinschaft wird kontrastiert mit der physikalischen Wärme des Feuers.«

Er wandte sich jetzt an Tatjana, die überhaupt nichts mehr zu verstehen schien: »Bin ich auf der richtigen Fährte?«

Winter legte die letzte Folie auf den Overheadprojektor und merkte, wie sehr sich Tatjana dafür schämte. Aber etwas anderes, als die Texte schnell auf Folien auszudrucken, war vor der Präsentation nicht mehr möglich gewesen. »Vielleicht hilft Ihnen das ja weiter.«

Korff kniff die Augen zusammen und las den Satz laut vor: »Jeder Mann und jede Frau ist ein Stern.« Er las seinen Leitsatz, seine Lehre so vor, als versuchte er aus dem Klang einer fremden Sprache auf den Sinn der Worte dahinter zu schließen.

»Hm«, er sah Winter an. »Sie müssen mir helfen.«

»Das ist der Alternativtext zu diesem Motiv«, sagte Winter. »Ich denke, jetzt wird es deutlicher.«

Korff lächelte spöttisch. »Verstehe. Die sechs bilden also ein Sternbild, das in der Nacht ...«

Winter wurde laut: »Jeder Stern für sich ist eine Sonne im eiskalten, leeren Raum. Ein Solitär auf nachtschwarzem Samt. Strahlend. Aber vollkommen nutzlos, wenn ihm nicht jemand einen Platz zuweist. Seine Stellung im Raum verdeutlicht. Erst in der

Konstellation zu anderen Menschen wird die Aufgabe eines jeden einzelnen deutlich.«

»Sternen«, korrigierte ihn Korff. »Sie meinten sicher Sterne. Nicht Menschen.«

»Jakob«, zischte Tatjana und faßte ihn am Arm, als wollte sie ihn bremsen, ihn vor noch größerem Schaden bewahren, und sie hatte recht. Er hatte sich gehen lassen, war lauter geworden, als er es beabsichtigt hatte; er war sogar kurz in Korffs Stimmlage verfallen, hatte dessen Sprachmelodie und Rhythmus übernommen.

Winter fuhr sich mit der Hand über die Stirn und stand auf, ging ein paar Schritte auf die Fenster zu und wieder zurück, als suchte er etwas.

»Ich lehne das Motiv ab«, sagte Korff entschieden. »Ich verstehe es nicht. Es setzt zu viel voraus. Zu viel, was der gemeine Kunde«, er lächelte kurz und schob nach einer Pause sanft nach, »nicht wissen kann.«

Fast hätte er ihn soweit gehabt. Wenn er nicht wie ein Idiot herumgelaufen wäre, hätte Korff die Fassung verloren.

»Aber im Ganzen, Herr Winter«, er stand langsam auf und ging auf ihn zu, »im Ganzen bin ich mit Ihrer Arbeit sehr zufrieden.«

Winter wurde schwindelig. Korff war jetzt genauso nah wie damals, als er an der Wand gestanden hatte und Korff beinahe in die Arme gesunken war, als er gesagt hatte, mißtraue deinen Gefühlen.

»Wo ist ... eigentlich Ihre Assistentin«, sagte Winter, ohne zu wissen, warum; der Satz war plötzlich in seinem Kopf gewesen und hatte sich wie von selbst verfertigt, und Korff lachte, er lachte laut und hemmungslos und so offensichtlich unangemessen, daß Winter zurückwich, bis er die Fensterfront im Rücken spürte.

»Sie haben mir gute Dienste erwiesen, Herr Winter«, sagte er abschließend; er drückte seine Hand, umschloß sie auch mit der anderen und hielt sie lange fest. Noch immer hatte er Angst vor diesem Blick, aber er hielt ihn aus, bis Korff wieder sagte, »wirklich, Sie haben mir sehr geholfen« und sich mit einer plötzlichen Drehung abwandte.

Winter glaubte kurz zu fallen, ohne Halt, nur mit dem Fenster im Rücken, dem Fenster und dem Wald dahinter; Tatjana stand auf und lächelte und bedankte sich, und Winter sah, daß sie zitterte.

31

»Wir haben den Etat«, sagte sie, »ich kann das nicht glauben«, und zündete sich die dritte Zigarette hintereinander an. Es war das erste, was sie auf der Rückfahrt sagte.

»Glaub mir, Tatjana, wir hätten auch gewonnen, wenn wir ihm eine Kampagne für Magerquark präsentiert hätten«, sagte Winter, und: »Es gab keine anderen Agenturen. Wir hatten schon gewonnen, bevor wir das erste Mal da waren.«

»Erklär mir das später«, sagte sie. »Ich muß diesen Termin erstmal verdauen. Und deine Texte ... Wo warst du eigentlich?«

»Am Meer.«

»Was ist mit dem Video? Wolltest du mir nicht eine Geschichte erzählen?« fragte sie.

»Es gibt keine Geschichte«, sagte er.

Sie hatten beide die Fenster heruntergekurbelt. Es

war genauso heiß wie vor einer Woche, und Winter fragte, ob es hier überhaupt geregnet hatte.

Tatjana fuhr sich durch die Haare und blies den Rauch in den Fahrtwind. »Nein«, sagte sie. »Heute abend.«

»Das haben sie schon vor einer Woche gesagt«, murmelte er, und Tatjana strich ihr Kleid glatt und sagte, »diesmal passiert es, ich spüre das«, und plötzlich begriff er.

Dieselbe Straße. Dieselben Häuser.

Er bremste vor Lillys Wohnung. Stieg aus. Sagte zu Tatjana, er sei gleich wieder da und drückte das Fenster nach innen.

»Wo willst du hin?« rief sie ihm nach, »wo willst du denn hin?« und ihre Stimme verhallte in seinem Kopf wie das Echo in einer Kirche.

Er setzte ein Bein durch das Fenster und fand keinen Halt; Winter stieß sich ab und fiel in einen Raum, der vollkommen leer war, er legte sich dahin, wo vorher ihr Bett gestanden hatte und schloß die Augen.

»Zu meiner Frau«, sagte er. »Ich will zu meiner Frau«, und eine halbe Stunde später, nachdem er Tatjana in der Agentur abgesetzt hatte, nahm er die erste Straße Richtung Süden. »Ich möchte endlich neben ihr schlafen«, sagte er, während ihm der Wind jedes seiner Worte vom Mund abriß und der Sommer immer noch über der Stadt lag wie ein stummes Gebet.

Julia Schoch

Der Körper des Salamanders

Erzählungen. 172 Seiten. Geb.

Sie reisen in entlegene Winkel am Schwarzen Meer, um Pelikane aufzuspüren und über die Freiheit zu reden. Sie begegnen sich auf Rummelplätzen wie Figuren aus einem vertrauten Märchenstück. Und wagemutig bringen sie auf nebeldichten Havelseen ihr Ruderboot zum Kentern, um endlich dem wahren Leben näherzukommen. – Die Helden und Heldinnen in Julia Schochs Geschichten entwerfen ihr Dasein mit Verstand und Phantasie nach eigenen Regeln, sie suchen das Glück und finden dabei nicht zuletzt die eigene Vergangenheit: eine untergegangene Welt im Osten, deren seltsam entrückte Vertrautheit und tragikomischen Momente.
Julia Schoch erzählt von Liebe und Vergänglichkeit. In dem souveränen, kraftvollen Rhythmus ihrer Sätze liegen Humor und Poesie, Härte und Sinnlichkeit untrennbar miteinander verbunden.

PIPER

Annette Pehnt

Ich muß los

Roman. 125 Seiten. Geb.

»Dorst schob seinen Einkaufswagen von hinten sachte in Einers Hüfte. Einer drehte sich um: Ach nein, sagte sie und ließ den Spinat sinken. Der spanische Sekt ist im Sonderangebot, sagte Dorst, legte den Kopf schief und wartete.«

Unergründlich und scheu ist er, der Held in Annette Pehnts kraftvollem ersten Roman. Er läuft in den schwarzen Anzügen seines toten Vaters herum, erzählt als selbsternannter Reiseführer von Limonadebrunnen und Honigfrauen. Seine Phantasie ist grenzenlos, die Nähe zu anderen nicht. Vor allem nicht die zu seiner Mutter und ihrem Freund. Erst als Dorst die junge Einer trifft, scheinen seine Zurückhaltung und seine Ruhelosigkeit ein Ende zu finden. Lakonie und leiser Humor vereinen sich in Annette Pehnts Debütroman »Ich muß los« zu einer traurig schönen Geschichte über einen jungen Mann und seine Verbindung zur Welt.

PIPER ORIGINAL

Jakob Hein

Mein erstes T-Shirt

Mit einem Vorwort von Wladimir Kaminer. 152 Seiten. Klappenbroschur.

Jessica Drechsler zum Beispiel: Was hat sie, das andere nicht haben? Und wie gelangt man als schmalbrüstiger Komiker trotzdem in den Besitz des Poesiealbums von Claudia Ross? Das Leben steckt voller Geheimnisse, und unser jugendlicher Held Jakob Hein macht sich daran sie zu lüften: Er schreibt von der unbegreiflichen »Selbstverkaufsstelle« und dem unstillbaren Wunsch nach einer E-Gitarre, die er eigentlich gar nicht spielen kann. Er bietet jeder Herausforderung in seinem jungen Leben die Stirn, besäuft sich mit einem Getränk namens »Grüne Wiese« und stellt sich tapfer den zersägten Schweinehälften im Fleischkombinat Berlin.

Jakob Hein erzählt die tollsten Geschichten aus seinem Leben, ungeschminkt, schwärmerisch und gnadenlos witzig – von der mobilen ostdeutschen Wahlurne bis zu den intimen Details seiner Jugend wie zum Beispiel dem ersten T-Shirt, das eigentlich ein Nicki war.

PIPER

Falko Hennig

Trabanten

Roman. ca. 288 Seiten. Geb.

»Das Sandmännchen kam jeden Abend im Fernsehen, es kam mit einem Hubschrauber, mit einem Straßenreinigungswagen und sogar einmal mit einem Trabant Kombi, wie wir ihn hatten.«
Opas Saporosch, der knatternde Motorroller Troll des Vaters und der Trabant der Mutter – vom ersten Tag an rollen Fahrzeuge durch Henry Täuflers Leben. Und wenn er nachts durch sein Fenster auf den Berliner Ring blickt, kann er die gelben Lichter der vorbeifahrenden französischen Autos sehen. Autos bestimmen seine Liebe zu Daniela ebenso wie sein brüchiges Verhältnis zu Erich Honecker.

Doch womöglich hat Henrys seltsame Leidenschaft gar nicht soviel mit den Autobahnausblicken und dem Trabant Kombi seiner Mutter zu tun. Vielleicht liegen die Wurzeln seiner Faszination ja tief in der Vergangenheit. Es gibt nämlich eine heimliche Verbindung zwischen ihm und einem gewissen Wernher von Braun, der im Auftrag des Führers mit selbstgebastelten Raketen experimentierte: Die beiden teilen mehr als nur eine Leidenschaft. Aus ebenso naheliegender wie ungewöhnlicher Perspektive erzählt Falko Hennig die Geschichte seiner zwei Helden. Und liefert damit eine unerhört komisch und hintergründige Karikatur der deutschen Geschichte.

PIPER

Die Besten

Die Preisträger aus 25 Jahren Ingeborg-Bachmann-Wettbewerb. Herausgegeben und mit einem Vorwort von Iso Camartin. 336 Seiten. Geb.

Vom ersten Tag an war er der Geburtsort großer zeitgenössischer Autoren – der Ingeborg-Bachmann-Wettbewerb in Klagenfurt. Seit 1977 reihen sich bedeutende Namen in die Liste der Preisträger ein: von Ulrich Plenzdorf bis zu Norbert Niemann, von Katja Lange-Müller über Terézia Mora bis zu Georg Klein. Sie schreiben Familien- und Detektivgeschichten, über die seltsame und schmerzvolle Zeit des Erwachsenwerdens. Aber wer immer dort antritt, weiß, daß er mit der literarischen Imitation, mit der Kopie der Vorbilder nichts zu erreichen vermag. Fast immer gewann das Neue, das Nicht-Gehörte, das Sprengkraft barg und Irritationen auslöste. Und nicht selten erwiesen sich die dort gesetzten Trends als dauerhaft, und es meldeten sich unerhörte literarische Stimmen zu Wort, die bis heute großes Gewicht besitzen.
»Die Besten« umfaßt 25 Jahre deutschsprachiger Literatur und läßt uns wiederlesen, was noch immer von verstörender Dringlichkeit ist und von großer literarischer Brillanz.

PIPER

Rick Moody

Bis ich nicht mehr wütend bin

Stories. Aus dem Amerikanischen von Nikolaus Stingl.
332 Seiten. Geb.

Musik und die Erinnerung an gemeinsame Augenblicke sind es, die Rick Moodys Erzähler den Tod seiner Lieblingsschwester ertragen lassen. Und genau wie Moody selbst sucht er nach einer Sprache der Liebe, nach einer Sprache, die Trauer und Wut, Anteilnahme und Zuversicht zugleich in sich tragen kann. Moodys Stories über die amerikanische Familie, über Freundschaft, Mißerfolg und Schmerz lassen sich auf das Wagnis ein, das Unerklärliche menschlicher Regungen zu beschreiben. In ihrer virtuosen Mischung aus Entsetzen und Heiterkeit kommen sie dem Geheimnis unserer Existenz einen Schritt näher.

PIPER

Sara Paretsky
Ihr wahrer Name

Aus dem Amerikanischen von Sonja Hauser.
Ca. 448 Seiten. Geb.

Lotty Herschel ist nicht nur Vic Warshawskis älteste Freundin, sondern auch angesehene Ärztin. Doch als Lotty im Fernsehen den Namen Paul Radbuka hört, verliert sie plötzlich die Fassung: In einem aufwühlenden Interview behauptet Radbuka, das Geheimnis seiner Herkunft gelüftet zu haben und tragisches Opfer des Holocaust zu sein. Unter dem Druck der Ereignisse gesteht Lotty ihrer Freundin Vic, sie habe nach dem Krieg für kurze Zeit den Namen Radbuka annehmen müssen, um ihre wahre Identität zu verschleiern. Was hatte Lotty damals zu verbergen? Und welche Verbindung besteht zwischen ihr und dem fremden Radbuka wirklich? Je näher Vic der Wahrheit kommt, desto unklarer wird, wem von beiden sie trauen kann ...

In einem Fall, bei dem sich die Grenzen zwischen Gut und Böse aufzulösen beginnen, recherchiert Vic Warshawski mit ebensolcher Sensibilität wie Unbestechlichkeit. Nach ihrem furiosen Comeback der neue Bestseller von Sara Paretsky!

Anne Holt
In kalter Absicht

Roman. Aus dem Norwegischen von Gabriele Haefs.
365 Seiten. Geb.

Seit zwei Tagen hat es kein Lebenszeichen mehr von der kleinen Emilie gegeben. Dann verschwindet auch der fünfjährige Kim spurlos. Verzweifelt sucht Hauptkommissar Stubø nach Hinweisen – bis der entführte Junge wieder auftaucht: tot, mit einem zerknitterten Zettel in der Hand – »Du hast bekommen, was du verdienst«. Die Todesursache gibt Stubø ein Rätsel auf. Da verschwindet das dritte Kind. Stubø schaltet die kluge und sensible Inger Vik ein. Die Psychologin muß den Schuldigen finden, bevor er weiteres Unheil anrichten kann. Inger Vik aber recherchiert noch im Fall Aksel Seier. Seier soll vor über vierzig Jahren ein kleines Mädchen mißbraucht und getötet haben. Nach einem zweifelhaften Verfahren und Jahren der Haft hat man ihn später überraschend vorzeitig entlassen. Niemand weiß, wo sich Seier aufhält und wie es ihm heute geht. Doch es besteht eine Verbindung zwischen den Entführungen und Aksel Seier. Mit Lakonie und großem Feingefühl erzählt Anne Holt von einem zutiefst berührenden Verbrechen. Tragische Mißverständnisse und politische Skrupellosigkeit drohen die Lösung des Falls unmöglich zu machen.